光的重量

張讓

目次

自序

有人同行

像我一向的散文集，這是本生活書，反映我的小世界，也無可避免反映了大世界。這些篇散文是搬到南加七年間寫的，除了〈花鳥蟲手記〉，都在副刊發表過。好不尋常的七年！

頭四年忙於適應新環境，從氣候地理到人文，彷彿置身異國。後三年陷入疫情，隨全世界跌進不可置信的黑暗中。

許多談書，不然是談時空、旅行、攝影和花鳥蟲等老題材。

不管談什麼，切入點常是書，從一本滑入一本又一本。不然像草地上的蒲公英，散佈字裡行間。這種書中有書人中有人，呼朋引伴彷彿群山萬壑響應，《我這樣的嫖書客》（聯合文學，二〇一三）裡已經寫到。不同的是這裡更加顯著，經常越寫越深招風引雨，簡直想把整牆滿屋的書都寫進去。此外重心在老書重讀，繼續《如果有人問我世界是什麼形狀》（九歌，二〇一八）便開始的「閱讀考古工程」，造訪心愛的作者和書籍，重新理解體會。

這些作品雖零散成篇，然自有章法，依「書和人」、「旅行和攝影」、「手記」、「迷人疑惑」、「黑暗時節」和「走出走入」六輯編排，方便讀者閱讀，也是為了自己。我看散文集喜歡作者以自己的方式整理安排，就怕打開書亂糟糟只有頁數無從開始。

我曾在〈旅人的眼睛〉裡提到，我們經常對周遭事物視而不見。看書也是。看小說為了情節，看散文為了品味，所謂看書是大步掠過，蜻蜓點水而不自知，包括我。那種看法，其實是看見一點錯過全部。

從沒像近十多年來，看書這麼用心這麼仔細，尤其是重讀。輯一「書和人」以〈沒人比我更驚奇〉開始，從美國作家費斐雯・郭尼克重讀老書的《未了的事》談起。正如她，我也再三重讀老書，也發現眼光隨年歲而變，讀來特別會心，一路點頭驚歎，幾乎拿篇名來做書名。

重讀的好處在讀法不同了，尤其是小說。年輕時看小說，感覺強烈像反射動作，卻無法領略其中微妙，和真正好處擦肩而過。郭尼克總認同某一人物，在小說裡看見自己而能感同身受。我比較冷眼旁觀，像個第三者，最強的反應是爲書中人物打抱不平。現在看小說不旁觀了，想得多體會深，有時受不了書中愁慘而無法繼續。

因爲在美國的閱讀習慣，這裡寫的都是英美作家。大多不曾寫過，除了娥蘇拉·勒瑰恩和溫德爾·貝里。不同的是，這裡以宏觀的寫法，涵蓋比較深廣。不只談作品，還談作者本身，也就是生活中的他們。因此寫勒瑰恩，邊寫邊微笑，原本的喜歡重新再喜歡一次。寫貝里更是，他寫一個純樸、實在、尊嚴但疾速消逝的農村世界，那份認知和堅持讓我不斷反省，延伸到後來〈不公的遊戲〉，一步步自我審視，是全書最複雜最私己的一篇。

〈機遇的故事〉寫英國作家裴娜樂琵·賴芙麗，最後集中談長篇小說《後果》，感慨萬千，聯想到一些英國女作家筆下題材近似但風格迴異的小說，眞想就一直寫下去。

一開始提到兩個裴娜樂琵，另一個是裴娜樂琵·費茲傑羅。舊作〈不然怎麼能夠承受〉就是寫她，原收入《如果有人問我世界是什麼形狀》。兩人是好友，境遇和作品有同有異，正好和〈機遇的故事〉呼應，特地放進來以供比照。

〈光的重量〉以不同角度重讀《遺愛基列》，又從譯文淺談翻譯，是另一種趣味。

〈我不能不告訴你我愛你〉從情書角度談三部長篇小說。原意在隨心談談而已，可是越寫越有興味，寫完了覺得奧斯汀部分有更多可說，尤其是比較原著和不同電影改編，於是有了〈我的達西問題〉，但也只點到為止。

寫奧斯汀的小說這是第一次。我常在她的文字裡看到壓抑或強烈的女權意識，為那些聰慧而卻沒有出路的女子悲哀——且看她不絕提到誰誰年收入多少英鎊！看她的小說是看亙古的女性悲劇，儘管裹了喜劇的糖衣，還是有點像受刑。

難得這樣談長篇小說，也許因為小說複雜，從人物到情節到結構到文字層次無窮，探討起來難得多，而且結果可能有害無益。最打動我的小說根本不知從何談起，言語不濟只能兩手一攤：「太神了，自己去看吧！」

〈我愛你，不要死〉受一篇散文引發，最具喜感。原本放在〈我不能不告訴你我愛你〉裡，後來覺得不盡合適，截下自成一篇。

輯二「旅行和攝影」和輯四「迷人疑惑」回到我的老遊戲場，遨遊時空攝影寫作旅遊不亦樂乎，都寫於疫情發生以前，和後來的封鎖窒息形成強烈對比。

最私人的是兩篇手記。〈雨天書〉顧名思義談雨天看書，在乾旱的南加讀雨談雨別有意味。〈花鳥蟲手記〉記了二〇一六到一九年間的生活點滴，主要關係周遭的草木鳥獸。這時讀來發現處處驚奇，是疫情前仿若童年的無邪世界。現在沒有了那種童稚歡愉，有的是近乎劫後的疲憊滄桑。

最後兩輯特別，都寫於疫情當中。

輯五「黑暗時期」包含了七篇正視疫情和時事的文字。從〈當世界不敢呼吸〉到〈知了知多少〉等，集合敍事、抒情、議論與批判，以不同寫法質疑公正自由平等。是受一再震驚刺激，非寫不可的不平之鳴。

最短的〈和酋長散步〉取寓言寫法，比較抒情委婉，也比較深——我偏愛這篇。有時需要打氣，掉頭回到心愛的作者汲取靈光幽默，如造訪美國散文家兼童書作家懷特，或由英國作家莎娣．史密斯的慧黠質問得到慰藉啓發。

因爲這些書和人，這一路，像陶淵明〈桃花源記〉所說，「彷彿若有光」。

最後，輯六「走出走入」諸篇景觀開朗了起來。從談運河旅遊和山林獵菇，到走入畫廊和上路回到沙漠公園，眼光投向山水和藝術，有了生機和吞吐的空間。

疫情退入背景，不再是新聞了，爲新問題新危機取代。每天新的烏雲從天邊飄來，帶來新的災禍死亡新的震驚悲嘆，於是有了〈一件又一件〉，藉往事聯想感慨歷史事件如何輾過你我的無奈。

整理間又詳讀每一篇，回到寫作當中的心境，尤其是那些憂傷需要鼓舞的時刻。

有時覺得看書再多無濟於事，自責花了太多心神在書上。然書原不是用來充飢或救命的，而是用來發抒個人、滿足好奇和與他人相通。因此書如橋樑，如門窗，如光源，如親人，意義重大——至少對我如此。

所以隨書從頭走來，再一次，衷心感謝一路同行的書和作者。

輯一 書和人

沒人比我更驚奇

——從《未了的事》談費斐雯・郭尼克

所謂「異女子」，指的是具備自我意識，和世界格格不入而無法安身的女子。郭尼克無疑是這種異女子，屬於社會裡「失意的一群」。她寫作的原動力是失望、失敗和失落，生命裡種種的不足不滿和激憤遺憾凝聚成生活氛圍，像城市街頭窒息的車煙。內心深處，她覺得自己是個失敗者：寫作失敗愛情失敗婚姻失敗，唯一的成就是堅持寫作和獨身。

0

「然後我活得夠久，自己成了陌生人——沒人比我更驚奇我成了這樣。」

觸目驚心的句子，出自費斐雯・郭尼克（Vivian Gornick）的《未了的事》（*Unfinished*

Business: Notes of a Chronic Re-reader），說的似乎不僅是句中的我，而是每個人。

不記得多少年前，我寫了〈從孤獨出發〉，從許多角度檢視孤獨。又有一篇〈我的眼睛充滿驚奇〉，記述一些讓我驚奇難忘的事。郭尼克這書無巧不巧，除了觸及孤獨、驚奇和許多我關切的主題，還談到我熟悉的一些小說，讀來格外會心，覺得她是「我的」作者，可以加入我鍾愛的蒙田、懷特（E. B. White）、斐樂娜琵・費茲傑羅（剛巧郭尼克也欣賞）、約翰・伯格、安妮・迪勒（Annie Dillard）等西方作家，獨占心靈書架特別一層（當然，心愛的中文作家自有一層）。

1

《未了的事》有個副題：〈一個長期重讀者的札記〉，不用說寫的是老書重讀。

我也愛重讀老書，沒有規畫，全憑心血來潮。不同年歲讀，感觸領受不同，經常發現驚奇。這書寫的便是這事，只是並非閒談其中趣味，而是認眞許多，透過年歲透鏡深入比較年輕、中年和老年三階段的領會變化。類似禪宗說三十年前後見山見水之別，與蔣捷詞〈虞美人〉寫少年、壯年和老年聽雨境界不同，異曲而同工。

這是第二次看《未了的事》，慢慢看慢慢想，覺得甚至比第一次更好。

重讀和初讀的不同，在第一次通常急急忙忙生吞活剝，之後才逐漸懂得了放慢腳步從容細品，一次比一次嘗到更多深層滋味。

2

費斐雯・郭尼克是個寫了大半輩子，評家褒讚但讀者遠遠不及的美國作家。她的作品率直辛辣，經常寫到驚奇之感。

驚奇是個有趣的心理反應，如同神奇感，讓我們眼睛腦袋倏然發亮，一下子脫離呆痴狀態，「活」了。所以驚詫我們的事會記得，其他則褪入虛空消失不見。

也許因此郭尼克一再寫到那些讓她遽而明白的奇異片刻，連對心理諮詢師也經常說：「這下子我眞的看清了！」諮詢師提醒她：「你這樣說多少次了？」

她似乎窮畢生之力了解自己，不停回首自問：「我做了什麼？什麼地方做錯了？爲什麼？」幾本回憶錄便是那追究探索的紀錄，讀她是隨她長途跋涉，踩踏過感情和心智的泥爛走來，直到明白——起碼多少有點明白。

寫回憶錄的人很多，像她這樣「吾日三省吾身」式細看，越老越有自知之明的卻少見。這點，她類似一生挖掘記錄自己的法國散文家蒙田。

3

郭尼克寫非小說，包括回憶錄、傳記、社會史和文學評論。並非她不愛寫小說，而是寫不來。從八歲起她就夢想做個偉大小說家，偏偏一朝嘗試發現筆下人物死在紙上，怎麼都活不起來。氣餒之餘轉而寫自身經歷，直話直說，不需編造虛構，順手多了，於是從記者開始，走上漫長的非小說之路。

第五本書《凌厲親情》（*Fierce Attachment*）五十一歲出版，寫和母親糾軋衝突的關係，赤裸濃烈，首創回憶錄的寫法。父親早死，母親身影龐大如摩天樓，籠罩她的身心和作品。她寫強悍固執的母親出奇嚴苛，對自己也毫不容情。評家大爲驚豔，二〇二〇年《紐約時報》譽爲二十世紀後半最佳回憶錄。

4

郭尼克的非小說不是一般的非小說，她的回憶錄也不是一般的回憶錄。

一九七〇年代，她正好趕上新興的「新報導文學」，揚棄傳統客觀寫法，將記者自身放進去。這新風格叫「第一人稱報導」，或「第一人稱敘述」。

她便以這種新文體講述自身情事，給了回憶錄一副全新面貌。類似中文傳統的敍事抒情散文，但不盡相同。她寫的不是琦君式的憶往抒懷或張愛玲式的輕快嘲弄，而是夾敍夾議，一邊客觀評述彷如第三者，同時又以第一人稱坦訴衷腸，比一般節制收斂的報導生動許多。這種非小說筆法其實含了小說技巧，讀起來就像小說（難以相信她沒法寫小說），充滿戲劇張力緊迫誘人，只不過都是眞人實事。

5

譬如寫記憶，有一景刻骨銘心，她寫了一次又一次。

八歲那年，一個朋友過生日，她充滿期待等著穿上最心愛的洋裝去參加，可是母親在那件洋裝胸口剪了個心形大洞。她大受傷害，從此每年便提起這件殘酷的事，每次母親都搖頭否認。一年又一年，這場控訴和否認的戲不斷重演，她不斷氣憤傷心質問：「你怎麼做得出那種事？」母親也一再重複：「根本就沒那件事！」她同樣堅持：「有生之年，我會不斷提醒你，直到你承認爲止。」

五十年後，某個寒冷春日她剛下巴士腦中一閃：「五十年前那天不管發生了什麼事，根本不像是我記得的。我的天，我想，一拍自己額頭，好像我竟是個生來給自己編造傷心的人。可是爲什麼呢？爲什麼？」

這情節寫在第二本回憶錄《一名異女子和一座城市》（*The Odd Woman and the City: A Memoir*）裡，後來在《未了的事》裡談莒哈絲小說《情人》部分又提到，不過只是一句話，用來說明她和莒哈絲不同，雖仍憶往但不一挖再挖直到無法自拔。她的了悟終於帶她掙脫童年束縛，長大了。

6

那「編造記憶」讓我大驚，掉頭搜索記憶尋找類似情事。

幾年前我寫了篇〈未知時刻〉，談一件毫不記得但因一封給父母的舊信出土才發現竟然發生過的事，和郭尼克的經驗恰恰相反。我驚訝的是：這樣一件分明重大的事，大到必須給父母寫信陳情，爲什麼自己卻一點都不記得？事過境遷太久，再也無法解答。

記憶不可靠早已是常識，然一旦記憶和眞實正面衝突還是讓人震驚，好像長久仰賴的記憶和自我歷史忽成腳下流沙，一切開始鬆動陷落，秩序坍塌成廢墟，讓人懷疑究竟我們以爲的事實有多少是千眞萬確。這種錯置或遺失記憶越來越多，對記憶的不確定感也越來越深。我因此不時便提起往日某時某事，和B與友筝印證：「你們記得嗎？是不是這樣？」

7

《一名異女子》寫獨身居住紐約的生活，以及她熟悉的城市，把整個紐約市和其中各種居民都寫了進去。

先從介紹知心老友雷納爾開始：

「他是個風趣睿智的男同志，有種種複雜難解的鬱結。」

二十年多來他們每週見一次面，在彼此住所附近散步、晚餐，有時外加電影，只是兩人並不看電影而是談個不休，因爲比電影有意思得多。

兩人性格和境遇有些類似，交情深厚但是特殊。他們都活在生命的不圓滿裡，以受傷者的眼光看人間，所見是不公不義和欠缺遺憾。人生列車轟轟來去，他們大多沒趕上。對他們來說，生命之瓶永遠半空。

一次去遊大峽谷，沿路景色壯闊，她讚歎不已。他要她解釋，她說壯觀美好。他說他一點都不覺得美，只見天地不仁殘酷可怖，愛的是城市擁擠熱鬧的安全可靠。

有趣的是他們在一起愉快非凡，分手了又不急於再見。因爲兩人都意見強烈，針鋒相對不免摩擦。他尤善冷嘲熱諷，某日她又埋怨母親，他一刀見血說她：「這麼大年紀了懂的還是這麼少，眞討人嫌。」最後當她恍然大悟冤枉了母親，不得不承認他是對的。

無論如何，和雷納爾一天下來她覺得「全身像針插扎滿了刺」，需要時間復原。顯然，兩人友情建立在保持安全距離上，直到下週末。時間到，她便會打電話給他。

8

郭尼克是個普通人，然獨具一格：常人的衝突矛盾，在她身上放大了。

首先，身爲女性，她具備「一般女性特質」：敏感、情緒化、缺乏自信、缺乏自知、滿心浪漫、追求愛情和白馬王子……然同時又具備一堆「非女性特質」：聰明過人、充滿理想和野心、想要寫作、想要改造世界、不願受婚姻束縛想要獨立自主……

《一名異女子》回看自身並環視周遭，兩相映照，眞相顯露無遺。好似把人間百象放在文字手術台上切割剖視，帶了關懷、同情、批判和幽默。她性情激烈，在父母信奉的共產主義思想裡長大，成了個激進社會主義女性主義者。性格加上前衛思想讓她的作品像烈酒，從讀者眼睛一直燒進去。我看一次，燒一次。

9

《未了的事》裡寫她年輕時讀到伊利莎白・斯坦敦（Elizabeth Cady Stanton）的演講〈自我的孤獨〉（"The Solitude of Self"），驚天動地腦袋洞開，看清了自己身爲女性在美國社會中的眞正處境，這才悟到：「原來我生錯了性別！爲什麼從沒有人告訴過我？」

斯坦敦是十九世紀美國女性主義思想家，一八九二年，年老的她在華府全美爭取女性投票權大會踏上講台，最後一次以領導人身分演講，心情格外沈痛。因爲這個組織多年來逐漸走向保守分裂，只剩她一人堅守原初的激進理想。面對滿廳往日並肩作戰的數千姊妹，她覺得無比孤獨。生平第一次，她不只是從思考的層次，而是從內心深處體會到人情聯繫的脆弱短暫——經不起時間的腐蝕，越不過情勢的考驗；感覺變了，想法走調了；志同道合的戰友最終反目相見，只有孤獨是眞的。

她描繪的孤獨世界極盡荒涼：

「我們最痛澈的失望，最光燦的希望和野心只有自己知道……友情斷絕了，愛情破碎了，我們傷心透頂但不求同情。死亡帶走了最親密的人，我們獨坐悲痛的陰影裡。同樣，在生命最大的勝利和最黑暗的悲劇中，我們獨行。」

〈自我的孤獨〉郭尼克一讀再讀，好像讀詩。後來乾脆借用篇名寫了本傳記性評論，探討斯坦敦在美國女權運動史上的地位。

10

美國歌手強尼・卡許（John Cash）唱的〈亡命之徒〉裡有句：

「啊，自由，自由是別人說的。你的監獄是孤獨走過人世。」

道盡了斯坦敦描述的孤獨。

郭尼克的字裡行間充滿了這種無處不在單軍作戰的孤獨，直到發現了女性主義。她回憶當年參加女權活動集會，置身滿室姊妹當中的感受：

「先是強光耀眼，然後一切照得清清楚楚——那明亮給我驚人的慰藉。我帶著它醒來，帶著它舞過一天，帶著它微笑入睡。我變得無比堅韌：日常生活的刀箭一點也傷不到我。那時覺得生命很好。我有清晰的目光，還有同伴。」

11

若說《未了的事》在寫閱讀人生，《一名異女子》幾乎便在寫孤獨。

大城裡眾聲喧譁中的孤獨，以及對面，熱鬧擾攘裡的人情聯繫與生機傳遞。她寫：「我從沒比在擁擠的街上更不孤獨的了。」若在公寓裡覺得孤單了，她便出門上街去。外面整個城市的喜怒愛慾生死悲歡在大樓轉角、在咖啡館圖書館和老人院、在地鐵上巴士上、在超市、公園和十字路口，如陽光風雨迎面而來。過街時路人無意的伸手碰觸，偶然旁聽到的生人話語，時刻發生的驚人小故事，讓她憤慨或感動莫名。那時她「對城市感到無限的愛，愛城市概念，也愛城市本身。人人都好看：英俊，時髦，有趣。生命激濺，毫不吝嗇，而且沒有條件。我常覺得自己是仰了頭在走，嘴巴大張，陽光流灌進喉中」。

12

所謂「異女子」，指的是具備自我意識，和世界格格不入而無法安身的女子。

郭尼克無疑是這種異女子，屬於社會裡「失意的一群」。她寫作的原動力是失望、失敗和失落，生命裡種種的不足不滿和激憤遺憾凝聚成生活氛圍，像城市街頭窒息的車煙。內心深處，她覺得自己是個失敗者：寫作失敗愛情失敗婚姻失敗，唯一的成就是堅持寫作和獨身。

然獨身出於無奈。在一個理想宇宙，她不會做這選擇。她需要愛也需要慾，更需要自我。所以兩度結婚離婚，而歷經眾多情人後發現慾情並非愛情，終於凍結愛慾選擇了單身——代價是愛情荒漠的寂寞悽涼。然她沒忘記愛情，轉移到文學批評如《愛情小說的終點》（*The End of The Novel of Love*）與《我生命裡的男人》（*The Men in My Life*，和她的情人無關）。

寫《一名異女子》時她六十多歲，可是覺得「好像只有六個月好活了」，字裡行間充滿日落黃昏前路將盡的枉然與落寞，覺得自己「生錯了時代，生錯了階級，生錯了性別」。寫：「我花很多時間夢想明天，那時我會寫出有傳世價值的書，遇見終生不渝的伴侶，成為我還沒成為的人。」

等《未了的事》出版，已是二十年後。她心智文筆仍然健朗，大步跨越紙面和年代，不絕審視歷史和自己，比二十年前更尖銳透澈。

13

郭尼克寫的，是一個勞工家庭出身的猶太移民女子在大城裡求生的歷程。不是開天闢地的英雄史詩，而是人人都有的身家故事。她所說不僅是一個女性在父權社會裡追求自我的艱苦，而代表了所有處境類似的人。

她在《巴黎評論》訪談裡說讀到某前輩名評論家日記裡一句「我擺脫不了有些大派對沒邀我的感覺」，十分火大：「你？你有臉跟我說那些該邀你的大派對漏掉了你？那我呢？」

二〇二〇年，她八十四歲了。美國和英國先後出版她一些舊作，報章雜誌接連出現她的訪談，忽然間她有了市場（年輕一代似乎對她的書感興趣），「紅」了（哪怕只是遲來的片刻聲名），而且第一次不必操心錢。她向來不在乎財物，多年來靠寫作和教書維生，住在同一棟租金管制的小公寓，裡面幾件簡單實用的家具。現在，那點新收入對信仰社會主義的她竟成了負擔。

14

《未了的事》最後一章有點超現實，仿如寓言。

她從書架上抽出一本幾十年沒碰的老書，打開來竟在手中解體，一頁一頁掉落，飛散到書桌上、膝上、地上。她一頁頁撿拾，看到許多畫線批注的地方，不解為什麼，越看越對那個畫線批注的自己好奇。最後不忍見書頁四散如屍陳遍野，搜齊了按順序疊好用橡皮筋綁了放回書架上。希望多年後再取下重讀，手中握了不同色筆。

愛黑貓的女人

——閒說娥蘇拉・勒瑰恩

勒瑰恩文字刻意樸實單純，而她就駕著這簡潔含蓄的文字輕舟周遊物質和心靈宇宙，來去自如。她能從樹木的角度發言，能呼風喚雨讓石頭說話甚至越過生死牆到冥界又回來，簡直無所不能，唯獨不自大驕狂（⋯）她看不慣評家總以「一本書在說什麼」的角度來看小說，對她，小說是想像力遊戲馳騁而不是說教的場域。

「點亮一根蠟燭便投下一道陰影。」——《地海巫師》

「我們將會需要記得自由的作家。」——勒瑰恩二〇一四年美國國家圖書獎領獎典禮致答辭

1

二〇一八年初，美國作家娥蘇拉．勒瑰恩過世，忽而一年半過去了。

得知消息當時不禁傷感，天彷彿暗了一點。她的書雖不是經常在看，然《地海巫師》和《黑暗的左手》卻都不時就重看。在我心底她有個特殊位置，但凡想起總有種難言的親，任何其他作家都沒有的。於是寫篇文字紀念，卻怎麼寫都不對，寫寫停停，最後只好擱下。這時重拾，重點不在評介作品，而在從人的角度，談一些她對我別具意義的地方。

2

這個娥蘇拉．勒瑰恩是誰？有人可能會問。

二十年前我爲《中央日報》〈書海六品〉專欄寫稿一年，其中〈巫師、噴火龍和黃金羅盤〉大半寫的就是勒瑰恩和她的「地海傳說」，後來收進了《和閱讀跳探戈》（大田，二〇〇三）。那時台灣好像還沒有她的譯本，現在除了「地海六部曲」、《黑暗的左手》和《一無所有》還有十多本，讓我驚喜。即使這樣，熟知她的書迷恐怕仍舊不多，就算在美國她也遠非如「哈利．波特」作者羅琳那樣無人不知。不過你若問我勒瑰恩和羅琳誰比較棒，也許不用說你也猜得出來。

像許多女作家，尤其是勒瑰恩這樣的先鋒作家，她闖文壇並不順利。一九六〇年代初，她寫了五本沒人要出的小說。氣餒之餘轉而嘗試科幻小說，一九六六年出了第一本科幻小說《羅卡儂的世界》（*Rocannon's World*）。兩年後出了《地海巫師》，後來成爲「地海傳說」三部曲。探討性別的《黑暗的左手》一九六九年出版，獲雨果和星雲兩大科幻文學獎，奠定她科幻作家的地位，也從此甩不掉科幻作家的標籤。並非她貶視科幻，其實她以身爲科幻作家爲榮（問題在她寫的不只是科幻而已），始終爲僻處邊緣的科幻小說奇幻小說或其他遭受冷落的類型小說爭取地位。不像瑪格麗特·愛特伍（她也推崇勒瑰恩）寫了一些分明是科幻的小說，如《末世男女》（編按：新譯《劍羚與秧雞》）、《洪荒年代》和《瘋狂亞當》等，卻硬說不是科幻而是「臆測小說」（conjectural fiction），讓勒瑰恩不以爲然。現在稱呼某作品「臆測小說」已經習以爲常了。

3

第一次接觸到勒瑰恩是《黑暗的左手》，B介紹的。那時我們剛認識不久，經常談書，我的品味比較古板狹隘，相對他愛看科幻魔幻奇幻小說，總之和希奇古怪想入非非有關，如今還是一樣。他提到一堆我陌生的作家，譬如馬奎斯、波赫士、卡爾維諾和勒瑰恩等，幫我打開了奇幻大門。因而由《黑暗的左手》進入勒瑰恩的神妙宇宙，陸續看了《一無所有》、《幻覺城市》（*City of Illusions*）和《流放星球》（*Planet of Exile*）等長篇和短篇小說集《風的十二方位》（這本特別喜歡）。

「地海傳說」是勒瑰恩最知名暢銷的奇幻小說，寫牧羊少年格得怎麼成爲偉大法師的傳奇歷程，她後來不斷添加成了六部曲。我還是覺得第一部《地海巫師》最好，看了不知多少次，許多後起的英美名作家也都偏愛，坦承深受她的影響。這書讀來有如童話寓言或民間故事，運字遣詞和哲學理念充滿老子正反相生陰陽調和的風味。原來她小時常見父親看《道德經》，自己也熟讀於心，吸收老子哲學融入了作品裡。後來甚至參照各家譯本，尤其忠於原文詩意，完成獨樹一格的詮釋性翻譯。

《黑暗的左手》看了四五次，總覺得有瑕疵，卻又無法抗拒。因爲想像實在奇特：冰天雪地的異星球，非男非女的雙性人性愛，既陰且陽的雙面性格，不管寫情寫景都超乎想像。半世紀後的今天，性別類型衆多讓人眼花，更加讚歎勒瑰恩的先見。

許多年前，《紐約客》網上讀書會才開始不久，有次選讀《黑暗的左手》，我重讀後寫了簡短意見參與，說：「這小說雖具強烈女權意識，可是主角卻是男性，對女性的描述也都從男性觀點出發。」讀書會主持人在部落格上討論時提出我的觀點，認爲有理，讓我輕飄了一下下（古早以前夢想投稿《紐約客》，這下總算「上」了）。

很多年後，勒瑰恩從女權觀點檢討一些早期作品失敗之處。譬如「地海傳說」頭三部完全以格得爲中心，直到第四部《地海孤雛》才引進女主角恬娜。《黑暗的左手》主角可惜也是男性，不過當時有個實際上的難題：她別無選擇。因爲在那年代寫作是男性的事，書是男人寫的，書裡的聲音是男性的聲音，她不知道怎麼從女性角度以女聲發言。這個困擾其實絕多女性作者都有，但少有人（包括我）這樣坦白提出。另外她有個語言上的障礙：英文第三人稱代名詞沒有恰當字眼表達書裡既非男也非女的中性人，只好借用誤導的「他」。中文她他同音但寫法有別，在這情況也是有同樣困難。

這個語言和性別的權力問題，她在〈自我介紹〉裡大加發揮。這篇原是九〇年代的演出腳本，以「我是個男人」的驚人句開篇，逐步引入「既然我是個女人我不存在」的荒謬結論。她從英文語法的偏頗譏笑語言裡暗藏的性別歧視，所以說：「我出生的時候，其實只有男人。人是男人，有一個代名詞，都是他的代名詞；所以我就是他。」偏偏她有三副胸罩，頂多能做半個男人或仿冒男人。我不知她有這樣熱辣的幽默感，差點大喊：「讚，娥蘇拉！」看完趕緊給B看，讓他能一邊挨罵一邊笑。他果然笑出聲，只是不覺得罵到了他。

晚年在談寫作的〈我不寫作了〉裡，她提到寫作是必須，不寫日子難過（而非不寫會死）；也提到寫小說時，化身為故事中人物是無上樂趣，尤其是化身男性——化身女性人物感覺就完全不同了。也許因為化身男性，需要更多想像來飛越性別鴻溝。這點我特別能體會，記得剛開始寫小說時寫到男性總有完全架空的心虛感，仿如寫的是外星人。

4

勒瑰恩傳記作者在《紐約客》悼文裡提到，勒瑰恩不喜歡「自以為是的文學」，因此受不了納博科夫的文風，多少年來屢試屢敗，總覺他在炫耀：「看我多了不起，能用這許多華麗詞藻堆砌這樣曲折複雜的故事。」實在不耐煩暗叫：「哎，走開！」

讀到這裡不覺大樂，無他，我也受不了納博科夫「穿大禮服的文體」，經常看不下去。《蘿莉塔》眾口交讚的開篇句我試過多少次，硬是覺得造作至極越不過去。可是喜歡他早期小說《瑪麗》和《普寧》，以及回憶錄《說吧，記憶》，不時便重看。

相對納博科夫炫耀意味濃厚的絢麗文采，勒瑰恩文字刻意樸實單純，而她就駕著這簡潔含蓄的文字輕舟周遊物質和心靈宇宙，來去自如。她能從樹木的角度發言，能呼風喚雨讓石頭說話甚至越過生死牆到冥界又回來，簡直無所不能，唯獨不自大驕狂。

她寫了六十幾本書，包括長短篇小說、散文集、詩集、童書等，可惜我只看了不到十本。一大原因，在於老覺她後來長篇說教意味比較濃，不如早期故事玄妙有趣。她看不慣評家總以「一本書在說什麼」的角度來看小說，對她，小說是想像力遊戲馳騁而不是說教的場域。她認爲：如果一本小說可以縮減成一句話，何必寫呢？讓我想起當年《未央歌》出版後，一位朋友讀了問鹿橋：「是一句什麼話沒講，因此寫了這樣大一部書？」我應該去看她那些我沒讀過的小說，省得妄自批評。

5

勒瑰恩晚年不再有力氣寫小說，退而專注於散文，從寫作閱讀到濟貧環保到墮胎女權，到家貓寵物和響尾蛇耶誕樹到生老病死，無所不談而無不引人。散文不像小說需要種種機關佈景，好散文因而像明淨的窗，現出窗後那人，所以有時我更偏愛散文，甚至擴及回憶錄。勒瑰恩沒寫回憶錄，但散文中清晰可見談笑風情，尤其是《心靈波浪》（*The Wave in the Mind*）和最後一本收集了她部落格隨筆的《沒有空閒了》（*No Time to Spare*），率直辛辣常帶高度喜感，出人意料。是這些一而再再而三的驚奇，托出了鮮明生動立體身歷聲的她。

我很驚訝她不在意做家事，不以爲苦反而樂在其中。我恰恰相反。

更意外的是發現她不會開車，不過艾莉絲·孟若和瑪格麗特·愛特伍剛好也不會開車。這些才華絕頂的女子，我不免以爲當然樣樣精通，提起筆能開天闢地無中生有，放下筆能修水龍頭蓋房子。原來勒瑰恩是那種過馬路超級緊張進退不決的人，自知開起車來會天下大亂，所以雖然學過開車卻從沒放膽去考駕照。我比她好一點，有駕照（考了三次）沒技術不愛開車。

我們沒養貓狗（雖然多次考慮），但我總覺貓比狗神祕有趣，知道勒瑰恩愛貓也讓我「眼睛一亮」。奇的是她只愛黑色公貓，說不出理由。幾篇寫她家新貓長相性情神氣種種，從挑食好奇膽小到捉了老鼠不吃掉卻總拖到她臥房玩弄炫耀，好似就在眼前。

她愛看小說，但更愛讀詩，尤其是里爾克的《杜英諾哀歌》。她看書需要人物和故事吸引，因此對非小說興趣不大。哲學書尤其看不下去，不然是邊看邊忘，因爲她不善抽象思考。怎麼可能？字裡行間深藏玄機，探盡宇宙人生疑難的她居然「不善抽象思考」？我驚得眼珠掉下來。退後幾步再想才有點懂了：也許她用的是想像的思考，而不是抽象的思考。

最高興的是發現她雖長住多雨的波特蘭卻也喜歡沙漠。

〈山貓〉寫她和合作著書的朋友爲了新書簽名會，開車到奧瑞岡東部沙漠小城班迪去的事。從在城裡老是迷路，寫到對山貓的深情，戲謔而又動人。這篇我特別覺得親，因爲去過班迪，許多她提到的事我們剛好知道。好些年前我和B開車從波特蘭橫跨奧瑞岡到東部沙漠，在班迪城郊某廉價汽車旅館住了一晚，她寫到的高山沙漠博物館我們參觀過，館裡她流連不捨的山貓我也拍了好些照片（其中一張自己頗爲得意）——當然那時還沒讀到〈山貓〉，不知我們曾走過同一博物館，站在同一展覽窗前，凝視那頭漂亮孤傲的動物。

《和娥蘇拉．勒瑰恩談寫作》（*Conversations on Writing*）序裡，詩人大衛．乃曼提到問她哪裡可以爬山度假，她建議奧瑞岡東南高地沙漠中的史汀山，並介紹當地一家老旅館，交代：「就跟他們說是娥蘇拉和查爾斯介紹的。」

當然，我立刻就夢想有一天到史汀山去看看。就像我們初到波特蘭時，我也半眞心夢想登門拜訪她。

6

記得勒瑰恩死後不久我和友箏簡訊交談，他提起她的死訊，說有點難過，想重讀《幻覺城市》和《流放星球》。他向來少話，問一句答一句，不管當面或簡訊交談都一樣，這樣主動說心裡話是空前第一次，可見勒瑰恩的魔力。他初中時我見他老看哈利・波特又嫌爛，推薦《地海巫師》，他立刻覺得好看，進而又看了好幾本她的書，有的我甚至沒看過。英美作家裡面，我們一家三口都讀過好幾本的只有勒瑰恩。問他看過《黑暗的左手》沒，他說沒，可是想看。我也是，想再到那個冰寒的星球去看看。可惜書還在車庫某書箱裡，找起來需翻天覆地。

《地海巫師》幸而就在書架上，抽出這本老舊的口袋書隨手翻到一段，召喚師傅告訴格得：「人小的時候以爲，法師什麼都能。有一陣子我就那樣想。我們都那樣想過。其實當一個人能力越來越強，知識越來越廣，所能追隨的途徑也就越來越窄：到最後根本沒有選擇，只能做必須做的……」多麼透澈！

寫到這裡，仍沒寫到重點，但只能就此打住了。《地海巫師》又看了大半，這時急著要去看格得怎麼決戰黑影。沒錯，我已經知道結局，問題是中間細節一點都不記得，而我要的正是那些細節，好循蛛絲馬跡去探尋勒瑰恩無邊的想像力。

接下來要看《風的十二方位》，也是等不及。其他長篇只好慢慢來了。

有一個地方

樹林是他清靜休息的地方，季節來去變化，一隻半空迴轉的蒼鷺，一片林中初見的藍鈴花，自然的神奇美好打動他，什麼都比不上，詩人天性表露無遺（…）在那生息循環不絕的花草樹木鳥獸之間他面對神祕，渺小謙虛，無語讚歎。他不追求天堂永生，他的世界是人間，地球是他可以感知擁抱的真實。他努力生活在這土地上，不統馭役使萬物眾生而是像個園丁竭盡全力愛惜保護。

1

從圖書館借來的一疊書裡有四本溫德爾．貝里（Wendell Berry）的作品，三本長篇小說《回憶》（*Remembering*）、《一個世界失落了》（*A World Lost*）、《與我一起守望》

（*Watch With Me*）和散文集《末世之火：溫德爾・貝里精選集》（*The World-Ending Fire: The Essential Wendell Berry*）。

這一陣，斷斷續續，我沈浸在這些書中世界裡，傷感而又溫馨。

2

貝里是誰？

是個離鄉然後返鄉的人。這樣的人是異數，現代少見。

離過鄉的人都知道：離鄉難，歸鄉更難。當然首先我想到自己。來到美國將近四十年，搬來搬去許多次，家鄉的感覺越來越遠越淡，像雲嵐水氣不斷蒸散。貝里反向而行的歷程幾乎絕無僅有，他的故事讓我一次又一次駐足沈思。

他是幸運的一個。但並不全是運氣，因爲是出於選擇。

3

貝里來自肯德基鄉間，父母家五代務農，他從小隨祖父學習農事，此外打獵釣魚划船游水露營，度過快樂童年，人生最好的似乎都在那山嶺農鄉裡了。長大了卻覺得生命在別處，因他有志寫作。於是離開家鄉，先到加州上史丹佛大學華里斯・史特格納（Wallace Earle Stegner, 1909-1993）的寫作班，然後到紐約工作，漂遊七年。最後經過猶疑苦思，辭去紐約大學教職，帶了妻兒回到家鄉大學教書定居。不是陶淵明的載欣載奔，而是誠惶誠恐。買了一小塊地，慢慢整修老屋，原打算作週末居所，最後卻搬進去長住。一步一步清理荒廢的土地，年復一年，漸漸成了個農人。同時一邊創作，寫他這段漫長返鄉的旅程，可說是美國現代版的〈歸去來辭〉。

4

「歸去來兮，田園將蕪胡不歸？既自以心爲形役，奚惆悵而獨悲？悟已往之不諫，知來者之可追；實迷途其未遠，覺今是而昨非。」

陶淵明這一段，幾乎可以轉用在貝里身上。但他歸鄉不是因爲擔心田園荒蕪，而是出於自己也不甚了解的理由，也許是家鄉隱隱的召喚。段末「覺今是而昨非」這句，卻完全適用貝里歸鄉以後的轉變。

他不只是歸來，而眞正是落葉歸根腳踏實地，活起來了。他生活在這塊土地上，和天地草木結爲一體，將來也要如腐草朽木成爲土地的一部分。如陶淵明所寫：「木欣欣以向榮，泉涓涓而始流。善萬物之得時，感吾生之行休。」他全心全意在家鄉安身立命，不再架空，不再懷疑，他從沒這麼充實喜悅過。

只因他在這裡找到自己，學到了怎麼做人。他寫的是這段追尋發現的過程。

5

貝里寫詩，也寫小說和散文。小說回溯過往農村世界，散文從自己耕地的經驗出發，反省人類在地球上和宇宙自然中的位置。

在〈本地山丘〉裡寫：「回鄉三十年才能這樣坦誠自問：這是個什麼樣的地方？裡面有什麼？它的本性是什麼？人應該怎麼生活其中？我必須怎麼做？」

面對人生意義的問題，沒有人像貝里這樣問到重點的。更重要的是，意義於他不是坐而言的問題，而是起而行。

然他隨即坦白：「我還沒找到答案，可是相信點點滴滴，那些答案會開始來到。不過問題比答案重要。最終那些問題沒有答案。」

無論如何：「那些問題還是必須問，它們不但關乎道德和美好，也關乎實際。通過那些問題，人才能開始理解自己和世界應有的關係，即是尊重和愛惜。」

有人仰望星空而觸到神，有人需要彎腰抓起一把泥土。

貝里悟到的，是中國人「利用厚生」的古老哲學，經由他的嘗試錯誤得來。

6

《末世之火》是英國作家保羅．金諾爾斯（Paul Kingsnorth）整編而成，從貝里五十年來的散文集裡選了最具代表性的三十篇介紹給英國讀者。金諾爾斯本人多年致力環保並一再反思，他的導言這樣開始：「爲了表示對貝里的敬重，這篇文字是用筆在一個硬皮小記事本裡寫的。」

以〈本地山丘〉和〈造一座邊緣農場〉開始，貝里敍述回鄉始末和經營家庭農場的實際，夾敍夾議，有些片段描繪草木鳥獸，十分動人。

〈損害〉短短幾頁，像詩，懺悔自己出於無知開鑿池塘給土地造成的傷害，以及從中學到的教訓。譬如當作者把一件事當作題材，視角難免偏頗局限，必須確實生活其中，才能眞切感受了解實際。離家在外時，他寫來寫去都是肯德基，家鄉是他戀戀不忘的題材，就像喬伊思寫的永遠是都柏林。等回到家鄉，題材和生活合一，意義逐漸轉變。一點一滴，他懂得了水土草木，知道了自己的位置，以及該怎麼做。

最短也最「好玩」的〈爲什麼我不會去買電腦〉，解釋他爲什麼寧可用紙筆寫作而不用電腦。最大理由：他有個了解他的聰慧老婆替他謄稿修改打字（用一架古老打字機），兩人合作愉快。讀到這裡我不由大聲問：貝里老先生，那我們沒這樣老婆的人怎麼辦？

這篇短文原載兩家小文學雜誌（一九八七年），後來《哈潑》雜誌轉載引來二十封讀者投書，除了三封贊成他的觀點，其餘都強烈反對。編輯選刊了五封，讓貝里答辯。多是對作家的冷嘲熱諷，批評他歧視女性和自以爲是。貝里也諷刺回敬，譏笑大多投書者褊狹短視，甚至沒什麼腦袋。這些攻擊答辯都附在文後，針鋒相對特別有趣。過兩年他另外寫了篇長文〈女性主義、身體和機器〉，深入探討兩性關係和婚姻經濟的實際，解析購買電腦與否並不只是單純的購買行爲而已。

7

表面上看，貝里眞有點像個老古董。

他除了用紙筆寫作，還用馬隊耕種，拒買電腦也沒有電視，手機想必也沒有。似乎保守到極點，退回了古代。其實他拒絕人云亦云，堅持凡事自己想過才下結論，結果不是保守落後，而是凌空飛越，比所有人都激進前衛。迷信人類至上科技萬能，在他看來才眞眞是古老過時。

他的散文因此不談心抒情而側重議論，條理分明解說自己的立場觀點。視野寬廣深刻，顧及多方角度，因爲沒一件事能孤立討論而不涉及其餘，從書名如《持續的和諧》（*A Continuous Harmony*）、《性別、經濟、自由和鄰里》（*Sex, Economy, Freedom, & Community*）可知。

貝里似乎專善反對：反大企業反城市反消費主義反唯物思想，反許多當代視作當然的事物心態。幾乎無所不反，簡直把人得罪光了，左派嫌他太右，右派嫌他太左。總之難得有人看他順眼，不是不予理睬就是尖酸挖苦，因此很少美國人知道他。但他並不氣餒，認爲絕望是逃避責任。五十多年來不懈批評撻伐，現在已經八十四歲，像騎馬仗劍搏鬥風車的西班牙老書呆唐吉訶德。

8

當年貝里決定離開紐約回鄉後，一天系主任找他談話。首先以前輩南方作家湯瑪士·伍爾夫「你再也沒法回鄉」的名言提醒他回鄉的枉然，其次點明追求寫作沒有比紐約大都會更好的地方，回鄉等於知性自殺，沒有出路了。

系主任好心勸阻背後的邏輯是「城市才重要，鄉下不算數」，激起貝里強烈不滿，他反對那種城市至上鄉下不算數的傲慢偏見。他不信只因身爲鄉下人他不算數，不信他在鄉下的所作所爲不算數。

他一寫再寫的，不外是：土地算數，鄉下人算數，我算數。

換句話說：量不等於質，多數並不就是對的，權力更不代表眞理。

所以他在〈兩種思維〉裡攻擊理性思維的自大排他，在〈歧視鄉下人〉裡爲「無知落後愚蠢」的鄉下人辯護；在〈浮士德經濟學〉裡駁斥大企業農作對環境和社會的破壞，在〈無知之道〉裡分析種種無知的謬誤，在〈往小想〉、〈大自然的衡量〉裡闡釋自然從容和諧的生息法則，在〈家庭工作〉裡批判美國教育制度，在〈數量對理型〉裡質疑現代人追求長命的不顧一切，詢問怎樣的生活才是好。

9

貝里作品豐富（不知他怎麼有那樣時間精力），我只讀過一點詩幾本小說一些散文而已。他的散文給人一套觀點，而小說給人一個從過往到現代的農村世界，人情生動讓人無法不融入感應。描繪先代肯德基鄉下，如威廉港系列，寫純樸厚道的鄉下人，辛勤刻苦但不乏樂趣歡愉，內斂深入。那種恬淡自足溫暖，讓我想起吳晟的詩和沈從文、汪曾祺的小說。

才剛看完他的短篇小說集《與我一起守望》。因爲是重讀，便不急急往前奔，而是特意緩步慢行，細細品味，看完依依不捨闔起書，離開那個坐在電腦前幾乎無法想見的農村世界。這個集子收了五個短篇和一個中篇，各自獨立但相互呼應，環繞中心人物托爾進行。魁梧強壯，厚道樂天，托爾是個罕見的小說人物：他是個大而化之的快樂農夫，打從心底喜愛小農生活。又喜歡熱鬧，愛逗趣講故事甚至惡作劇。這些故事從不同角度呈現他的純厚慷慨和精明睿智，織出一個活生生的世界。寫實，詼諧，經常讓人微笑，有時幾乎大笑。

想不出有什麼小說人物，像托爾這樣讓我想要結識親近。

最後一篇〈與我一起守望〉是個中篇，寫托爾和幾個鄉民爲了怕出事，日夜跟蹤一個精神失常持了獵槍亂走的鄰人。我們一路追隨，跟他們一起忍受炎熱飢渴疲倦和無聊不耐，直到終於結束。寫人間相互守望照顧，深刻動人，是我最喜歡的一篇。

10

散文〈本地山丘〉出於喜歡也是讀了好幾次，看貝里怎麼在敍事和議論間穿梭。他寫有的時候，不管是在家中或在園子田地裡都沒法思考，因爲「這些地方太像失敗的人類歷史了」。這時他便到附近的樹林去，一進到林子裡，立刻覺得「置身一種林外的人類空間沒有的秩序裡（…）心頭煩躁消失了，感受到內在的本性，自由了」。是在這種時候他覺悟：「我不像自己以爲的那麼重要。人類也不像我以爲的那麼重要。」

樹林是他清靜休息的地方，季節來去變化，一隻半空迴轉的蒼鷺，一片林中初見的藍鈴花，自然的神奇美好打動他，什麼都比不上，詩人天性表露無遺。他是個虔誠但遠非一般自私功利狹隘短視的基督徒，對上帝創造的世界充滿崇敬，也對唯物論者如生物學家理查．道金斯之流傲慢排他的思想充滿鄙視。在那生息循環不絕的花草樹木鳥獸之間他面對神祕，渺小謙虛，無語讚歎。他不追求天堂永生，他的世界是人間，地球是他可以感知擁抱的眞實。他努力生活在這土地上，不統馭役使萬物衆生而是像個園丁竭盡全力愛惜保護。

《末世之火》二〇一七年在英國出版，當時《衛報》書評冷多於熱，語帶挖苦，說貝里「一生從沒寫過一個多情的句子」。這位評者無疑眼睛有問題，不然就是腦袋有問題（套貝里自己罵人的話）。

11

我沒有宗教信仰，但貝里許多思想，我自己想法也近似。即便有時無法同意，也願平心靜聽，挨他當頭一棒在所不惜。

想不出有什麼作者像貝里這樣讓我謙虛慚愧。他眞的知道自己在做什麼說什麼。另外兩本長篇《一個世界失落了》和《回憶》終於也慢慢讀完，他的長篇在動人同時偶爾會流於說教，太複雜沒法在這裡三句兩句敷衍過去，只好就不談了。

還是來談〈本地文化的工作〉，這篇散文裡貝里講了個平常不過的小故事。在他祖父的舊農地，有根圍欄樁上掛了個老鐵桶：「在那裡掛了好多秋，葉子掉落四周，有的掉進了桶裡。雨雪掉進裡面，落葉潮濕不乾腐敗了。核果掉到裡面，不然是松鼠帶到那裡；老鼠和松鼠吃了果仁，留下殼；牠們和別的動物留下糞便；昆蟲飛進去，在裡面死掉腐敗；鳥在裡面抓扒，留下鳥糞可能還有一兩根羽毛。這緩慢的生和死、重力和腐化，是這世界的主要工作，到今天在桶底留下了好幾吋的黑色腐植土。我帶著驚歎看進桶裡，因爲我多少算是個農人，也多少算是個藝術家，認出那裡有種技藝和農藝，遠高於我，或任何人類。」

亙古循環，生生不息。自然之道在那鐵桶裡，如果你懂得怎麼看。

貝里並不倡導所有人都變成小農，而是邀請你我與他一起守望地球家鄉。不是旁觀，而是積極愛護。

機遇的故事

……所有故事是一個故事，前後呼應，迴盪不絕。平常不過的一句話可以重如千鈞，簡單一件事讓人悲從中來。一切更好也更壞，善惡未必有報，人生無理可講。好像走遍江湖的老僧看盡世事，滿懷悲憫無奈然不可言說。也許因此小說家必須不息不輟演述生死悲歡，試圖說出個所以然來。而讀者如我也必須亦步亦趨浮沈其中，努力看出個所以然來。

1

我喜歡的英國作家裡有兩個裴娜樂琵：裴娜樂琵．費茲傑羅（Penelope Fitzgerald）和裴娜樂琵．賴芙麗（Penelope Lively）。費茲傑羅的小說才氣飛揚深沈神祕，我欣賞了二十年才寫〈不然怎麼能夠承受〉頌讚。賴芙麗的小說質疑人生和歷史，穿透各層階級人物，溫厚中挾帶譏刺，感性又兼知性。我也一直想寫篇推介，最後「無可迴避」才有了這篇「讀後感」，不過淺談幾本書而已。

說「無可迴避」，得回到二〇一三年，賴芙麗出了第三本「回憶錄」《跳舞魚和菊花石》（*Dancing Fish and Ammonites*），那時她剛滿八十歲。四年後出了短篇小說集《紫色沼澤雞》（*The Purple Swamp Hen and Other Stories*），隔年又捧出談園藝的《花園生活》（*Life in the Garden*）。高齡之年，五年內三本書，本本有趣耐看，創作力驚人。

《跳舞魚和菊花石》開始便明言不盡然是回憶錄，而是像個探險家從老年峰頂審視過去，勾勒老境這「異鄉國度」。又如考古學家挖掘今昔記憶，不帶傷感從自身經歷出發檢視歷史足印，可稱「知性回憶錄」。大筆揮灑且機智練達，沒那樣年歲閱歷寫不出來。如她所說：「什麼都做過，什麼都見過了。」

《花園生活》從她對園藝的愛好出發，擴而寫到文學藝術裡的花園和英國園藝歷史，步調矯健跨越古今，連我這紙上談兵都不夠格的園藝低能人都看得津津有味，想起她小說的迷人因而回去重看長篇《後果》（*Consequences*）。

2

回顧往昔，難免困惑：人生的事，什麼是必然？什麼是偶然？

這問題我曾一問再問，然不只我，許多作家都有此一問。。

許多事其實並非「我」在主宰，毋寧是暗中受某種外力左右而好似自動自發。譬如我看書向來沒有規畫，都是隨機，想到什麼看什麼。譬如口味，嗜酸嗜甜或什麼人愛什麼人不愛，都在於先天，和個人理智或意志無關。人生大抵也是，無非自主和機遇交互作用的結果，譬如我出生與否基於無數先決條件，又如我並沒立志寫作而畢竟走上這條路。這機運主掌的隱約軸線貫穿了《後果》全書，顯然賴芙麗有心探討這件事。

這部小說從第二次世界大戰前寫到二十一世紀初，涵蓋三代女性在急遽變化的社會中尋求自我的生死悲歡，有相當「尋常」的不幸和意外，但不能說是悲劇，毋寧是人生受命運擺佈的不由自主。如這段：

「許多年後，她會想你並不做決定這種事，而是朝某個方向踉蹌前去，只因某個東西告訴你必得朝那方向去。你受某種本能、意志和盲目信念的困惑驅使，裡面根本沒有理性成分。若是理性主宰，你便不會早晨離家，唯恐一步踏到巴士輪下；便不會去嘗試，唯恐失敗；便不會去愛，唯恐受傷。」

眞切不過，遠勝任何哲學高論。

第二次看《後果》離初看隔了大約十年，這次再看又隔了三年，知道故事大概，細節照例不記得。儘管是第三次看，還是很快便給吸進去，寫到第二代張力減弱，到了第三代有些地方我嫌瑣碎跳過然後再倒回去補充（以前看書絕不會這樣「亂來」）。然長篇之所以爲長篇，就在必須集全書之力才能積累時間一波又一波的浪潮，直到將人淹沒，所以有人看小說會哭（不包括我）。後來在克里特墓場那節，讀到陣亡英軍戰士成排成排一大片十字架，我直想大哭（畢竟沒哭）。不單是爲英國戰士，而是爲古往今來所有代社會而死的士兵，爲那難逃的大哉問：那麼浩大的犧牲值得嗎？誰來決定？

寫二次大戰部分，也許因爲帶了點自傳成分，儘管篇幅不多卻格外動人。不同階級出身的蘿娜和麥特偶然在公園池畔相遇，從此生命之流改道。兩人才二十幾歲，無邪浪漫到以爲無所不能，只因有愛情，有一個大膽純潔的憧憬，而能創造一個單單屬於他們的天地。然後外力侵入，歡樂的泡沫破滅，死的死了，活的必須活下去，因此便竭盡一切繼續。讓人傷感，但不絕望。事情往往是這樣，譬如我的父母，和所有類似處境的人。

3

《紫色沼澤雞》風味完全不同，筆調輕快詼諧外加辛辣犀利，是舉重若輕的傑作。這時賴芙麗已經八十三歲，寫了許多長篇小說和非小說，短篇卻二十年沒碰了。一天和女婿在英國博物館看龐貝特展，見到一幅羅馬濕壁畫裡有隻奇異鳥類靈感突發，沒力氣寫長篇，改而重拾短篇，寫了〈紫色沼澤雞〉，之後靈感不絕，一篇接連一篇，竟足以成書了，她自己都十分意外。

〈吵架〉描述一對中年夫妻大吵一架，妻子在氣頭上想：

「她想不出怎麼會嫁給了他。是鬼迷了心竅嗎？世上多的是男人——各種尺寸、體型、本事的男人，聰明的男人，風趣的男人，迷人也許忠心的男人，不需開口就會自動把垃圾拿出去的男人，能修水龍頭漏水的男人，英俊到讓人膝蓋發軟的男人，冷靜自信碰到危機時可以仰仗的男人，命定要成爲總理把自己的成就歸功你的支持和犧牲的男人，會放棄一切來輔佐你自己閃亮事業的男人，沖澡時唱歌不會走調的男人，會收拾自己襪子的男人，會做菜而且自行善後的男人。」

寫出許多妻子都曾有過的疑問，若寫成散文不免顧忌，只能掩抑帶刺，放進小說則可暢所欲言。賴芙麗在這本集子裡許多地方正是如此，年歲給了她長遠的景深以及無比的運鏡自由，從長鏡頭史詩式的大遠景到斑點毛孔歷歷可見的觸目大特寫，角度和時空迅速切換，內在獨白放肆奔騰，手起刀落直入核心——啊，痛快！

是的，痛快。也許三四十歲時也能這樣寫，但恐怕唬人的成分居多，力道比不上背後有一生的經歷撐腰。現在，她比以前任何時候更知道想說什麼該怎麼說，更重要的是有那樣說的資格——年歲給了她放言無忌的權利，也就是所謂的話語權。

我最喜歡的一篇是〈外國〉，敘述者回憶年輕時代和男朋友到西班牙旅行的奇遇，短小可口荒誕，藉嘲諷年輕的浪漫無知來反諷成熟的功利庸俗。

「我們是藝術家，需要題材。我們需要誘人、大膽刺激的題材。所以需要外國。一九五〇年代每個藝術家都需要外國。你需要地中海，拉到海灘上的漁船。藍天下的橄欖園。羅馬式教堂。有鐘樓和鄉下農人的廣場市場。向日葵、仙人掌、仙人掌刺果、絲柏、棕櫚。我們需要風景；需要內容可觀的風景。我們尤其需要鄉下農人。道地、土氣、傳統的鄉下農人。」

我在每一句裡看見自己，不斷會心微笑。

4

賴芙麗寫作出道可算晚（然比費茲傑羅早了三十年），背景也夠特別，童年在埃及，二次大戰時回到英國就學。在牛津大學修歷史，畢業後遇見劍橋出身的政治理論學家傑克．賴芙麗，結婚生子，等兩個子女上學了才考慮找事，典型女作家的故事。沒有專長於是嘗試寫作，二十七歲出版第一本童書，便寫了下來。之後成人書和童書並行，三年後的《鬼湯姆》（*The Ghost of Thomas Kempe*）獲童書獎，並成了英國童書經典。一九八七年以《月虎》（*Moon Tiger*）「意外」榮獲布克獎，文壇譏爲「家庭主婦選出」，正是八年前費茲傑羅的《岸邊》（*Offshore*）獲獎時受盡文壇嘲弄待遇的翻版。五十年來寫作不輟，偏重探討時間、空間、記憶、虛實等主題，銳利詼諧切中現實，本本可觀，評家讚好，也吸引了廣大讀者。

二〇一八年布克獎慶祝五十週年，提名最佳布克獎作家，賴芙麗以《月虎》進入決選，起初呼聲很高，結果是加拿大詩人作家麥可．翁達傑以《英倫情人》獲獎。有趣的是《英倫情人》和《月虎》劇情相似，都是以二次世界大戰爲背景的愛情悲劇。不過文風迥異，賴芙麗素淡明快，翁達傑則帶了濃厚詩意。《英倫情人》後來經安東尼．明格拉改編成同名電影，不但賣座而且獲得奧斯卡最佳影片獎，翁達傑認爲這是他獲選最佳布克獎作家的主因。其實也曾有人想把《月虎》拍成電影，請名劇作家哈洛・品特編劇，但因無法處理大量內心獨白而作罷。

《英倫情人》當年電影出來，我們急急奔上電影院去看。我立即著迷了，首先是大銀幕上宏偉的撒哈拉沙漠，其次才是愛情故事。《月虎》的愛情場景也是沙漠，不過是埃及沙漠。女主角克勞蒂亞在沙漠採訪，遇見英國軍官湯姆跌入熱戀，不久他便戰死了，她呼天搶地哀痛終生。老掉牙的情節，還是蕩氣迴腸。

老實說，《英倫情人》的情節和寫法都有點造作，《月虎》也是，不過沒那麼曲折離奇，感覺比較眞。最不尋常的是，賴芙麗塑造了一個聰明美貌又強悍跋扈的的女主角，從她睥睨天下的角度看歷史。不過我老覺得克勞蒂亞高傲過了頭不可信，然無疑非常搶眼，一見難忘。我十分討厭她（也有點讚歎），喜歡湯姆平實有內涵（怎麼偏偏看上她！）。然而就像《後果》裡的麥特，在賴芙麗的設計裡注定短命。可惜這些好男子！我暗自抱不平：「那麼快就犧牲掉湯姆實在狠心。而且不是落入俗套？」她大概也有些不忍，因此末尾給了我們湯姆的最後日記以做補償。當然那日記寫得不能再好，我像情書細細讀了。

寫小說時，遇到必須進入男性世界，我總覺滿目漆黑摸不到門徑，只能抱了僞冒者的心情硬闖。相對，男性模擬女性似乎沒那麼難，畢竟他們從古早以前就假冒女性爲她們代言熟門熟路，「白頭宮女話當年」是男性之筆在說話。有趣的是，美國作家娥蘇拉．勒瑰恩的經驗剛好相反，寫男性稱心快意，寫女性卻不知從何下筆。

最男性的世界莫過於戰場，尤其以一個沒上過戰場的女作者假想一個軍官戰火中所見所感所思，賴芙麗筆下湯姆的心境語氣驚人地逼眞可信，也許是整本小說最成功感人的地方。同樣，《後果》裡寫二次大戰的章節也最動人，不管寫情寫景寫史或譏諷上流階級都異常生動，幾個主要人物如蘿娜、麥特和魯卡斯都鮮活深刻。尤其是麥特從軍中給蘿娜寫的信，簡潔實在簡直隔小說時空呼應湯姆的日記。

5

賴芙麗婚姻幸福，傑克去世時她不到七十，惶然不知怎麼繼續，經朋友引導才漸漸走出困境。回到寫作，鋒芒不減而且更加老辣（這時我才眞懂了這詞），小說非小說一樣出色（似乎許多英國作家都有這本事）。

她和費茲傑羅剛巧是好友，但境遇性情大不相同（費茲傑羅婚姻不幸而且大半生窮苦），寫作各有風格與擅長。賴芙麗多產，小說和童書並行此外還寫了好些回憶錄，文字可細可粗，時而精緻豐盈，時而大筆掃過，遊走外在與內心自如。費茲傑羅特重含蓄簡潔，以少勝多，只有十本小說，都是「盡在不言中」的精品。最後一本《藍花》（*The Blue Flower*）神妙無比，可說入了化境。此外是幾本傳記，絕少寫自己。

從一個裴娜樂琵到另一個裴娜樂琵，從《藍花》到《後果》到更多動人小說，覺得歷史匯流合一，所有故事是一個故事，前後呼應，迴盪不絕。平常不過的一句話可以重如千鈞，簡單一件事讓人悲從中來。一切更好也更壞，善惡未必有報，人生無理可講。好像走遍江湖的老僧看盡世事，滿懷悲憫無奈然不可言說。也許因此小說家必須不息不輟演述生死悲歡，試圖說出個所以然來。而讀者如我也必須亦步亦趨浮沈其中，努力看出個所以然來。

不然怎麼能夠承受

她的小說從不走直線，而是迂迴曲折，圍繞一個似有似無的圓心遊走。在這遊走當中，給讀者似乎無關緊要的旁枝錯節，帶人進入一個高度逼真而又彷彿荒誕離奇的世界裡，故事便在這個真假繃張當中從容不迫展開（⋯）讀者必須用心積極參與，不能只是被動要求娛樂消遣。知道的讀者會發現她的故事從一開始就具高度喜劇和懸疑，架設在彷彿不相關的枝節上。

1

有一部小說《藍花》，你可曾讀過？作者是英國女作家裴娜樂琵．費茲傑羅，你可曾聽過？十之八九答案是否定。

《藍花》是裴娜樂琵．費茲傑羅生前最後出版、最享盛名的一部小說。一九九七年在美國直接以平裝書出版，《紐約時報》書評讚美有加，當時我很快到書店去買了來。從沒讀過這麼奇妙的小說，如詩又如寓言，深刻動人，立即愛上了裴娜樂琵。從此蒐羅她的小說，陸陸續續蒐全了，每隔一段時間便挑一本重看，而看得最多次的，不用說是《藍花》。然不管讀了多少次，總像第一次，充滿驚詫和神奇。她是怎麼做到的？多少作家評家都問過這問題。

總想有一天寫篇東西好好談她，最近又拿出她兩個長篇和散文集來看，再一次讚歎不已，終於覺悟那個有一天便是現在。於是丟下進行中的塞尚，投入裴娜樂琵的世界。

2

裴娜樂琵是英國文壇異數。五十八歲出第一本書，八十歲才算眞正成名。她生前總共出了十二本書，包括三部傳記九部長篇，奠定她不朽地位的是小說。

讀她的小說你會立刻眼睛一亮，覺得遇見了某種新鮮事物。其實，她寫的是傳統小說，套用舊有模式：人物，對話，情節，敍述。妙的是，同樣風景同樣角度同樣相機，有人照出來的相硬是不一樣。她的小說有時不太像小說，就像她的傳記有時不太像傳記。她總是非常技巧地，從形式內部做悄悄的顚覆。

她的長篇小說不像一般大部頭洋洋灑灑，動輒五六百頁，而都是薄薄的，通常不超過三百頁，近似大型中篇的規模，幾乎一口氣可以看完。只因她特別鍾愛小書。

有趣的是，她說不太會寫短篇，寫一個短篇花的時間相當於寫一個長篇：「傳記和長篇小說是我覺得差強可以應付的格式。這來自對他人和對自己的強烈好奇。」她唯一的短篇小說集《脫逃的手段》（*The Means of Escape*）身後才出版，像她的長篇一樣奇特耐讀。其中一個鬼故事〈斧頭〉無比陰森（把我嚇得半死），帶了深沈的悲劇感。

3

小說要怎麼寫？

人生詭譎繽紛千變萬化，怎麼壓縮在一定篇幅裡？然而人生又千篇一律，無非生老病死成敗悲歡，像個公式，怎麼寫得出其中萬種滋味？自從人類開始以文字訴說自己的故事，「怎麼寫？」這個問題始終存在。每個時代的小說家都難免面對這堵牆，思索怎麼越過去。主義來了又去，不斷有人實驗創新。

問題在：現實往往比小說更像小說。有些當代西方作家甚至覺得小說已經走到絕路，已經過時，不符時代需求了。因爲小說太慢，太假，太僵硬，比不上分秒萬變的現實。小說必須退場，讓位給非小說。小說創作的爭議因此不再局限於小說境內的主義之爭，而擴大爲小說與非小說之爭。這場爭戰在挪威作家卡爾・奧韋・克瑙斯高（Karl Ove Knausgård）一部六冊三千六百頁的自傳《我的奮鬥》近年來國際暢銷到達巔峰，早就對古板傳統形式小說厭煩欲死的作家們沈迷其中無法自拔，爭相傳告這部書無比寫實的無上魔力，近乎宣稱：「你看，鉅細靡遺原封不動搬上檯面，眞正現代小說就得這麼寫！」

4

克瑙斯高寫《我的奮鬥》時正值他寫作陷入危機，對虛構人物情節的小說厭倦到了極點，只想老老實實寫生活裡的大小一切。他並沒想到要推翻小說，只想要怎麼在寫作上自救。《我的奮鬥》讓他名利雙收，只因他自白式的寫法寫出了所有挪威人的經驗，他的故事也就是人人的故事。

裴娜樂琵沒有克瑙斯高的問題，她的問題屬於另一種。首先，有太多年，她的問題在於怎麼找時間寫作。等到終於開始寫小說了，她有大半生的經歷可以汲取，問題在於怎麼精簡，怎麼掩藏，怎麼化腐朽爲神奇。她無意把自己赤裸裸擺在讀者眼前，即便是自傳性小說——她的興趣不是自己，而是他人。在小說藝術上，她的關心與克瑙斯高恰恰相反，是怎樣以最少達到最多，怎樣寓說於不說。因此她的問題超越寫實非寫實、小說非小說的框架，另闢蹊徑。她寫的是非傳統的傳統小說，等到《藍花》出現，已經無法以一般標籤去界定了。

5

裴娜樂琵「出道」晚，別無理由：生活不容許。

一九一六年生於倫敦，從小聰明多才。在牛津大學時代即嶄露寫作才華，交報告別人需要好幾頁，她寫一段就綽綽有餘。考試論文好到監考老師篇篇保留，收藏在羊皮卷宗裡。活躍校園雜誌，先寫稿後編輯，那時的報導和小說充滿想像力，犀利荒誕，已露出未來寫作的雛形。兩度獲得校刊「年度女性人物」，畢業前在最後訪談中說：「我們只念古典作品，沒念什麼現代文學，想那要等我們自己去寫。」好一番年少氣盛的大話！只因（幸好）她不知等在前面的是什麼。

簡單說來，大學畢業以後，正逢第二次世界大戰。她在倫敦工作結婚生子，直到戰後。一度夫妻兩人合編頗受好評的《世界評論》綜合雜誌，風光了幾年，雜誌倒閉後生活開始走下坡。丈夫代斯孟德酗酒，又因挪用公款被吊銷辯護律師執照，全家一步步陷入長期貧困中。曾經窮到住在泰晤士河畔的一艘破漏船屋上，最後船沈，家當幾乎全部葬身河底。無家可歸，只好暫住收容所，最後搬進低價公家住宅。

此後多年，她奔走教職間（包括一家補習班），扛起養家重任，沒有自己房間，連張像樣的床都沒有，有時吃粉筆以補充鈣質，最消沈無望時想過自殺。最後代斯孟德到一家旅行社做小職員，收入雖低但生活改善，而且可以折扣旅遊世界（她熱愛旅行），大兒子和兩個女兒漸漸長大，先後進入牛津，夫妻倆四處遊歷，過了十年快樂日子。代斯孟德死後，她還是忙於教書（直到七十歲），但奇蹟似的開始寫作出書，一本接一本，常好幾本書同時進行，近乎狂熱。

彷彿壓抑儲備一生，只等這個時刻來臨。

6

第一本書是藝術家傳記《愛德華．伯恩．瓊斯》（*Edward Burne-Jones*），兩年後出了第一本小說《金小孩》（*The Golden Child*），那時她六十歲。這書是代斯孟德病重時編給他聽的懸疑故事，他死後出版，她把書獻給他。同年又出了紀念父親和三個叔叔的傳記

《諾克斯兄弟》（*The Knox Brothers*）。

緊接是盛產的二十年。頭四部小說都帶了自傳成分，寫得飛快，好像自行流出。第一部《書店》（*The Bookshop*）即不同凡響，進入布克獎決選。第二部《岸邊》擊敗大家一致看好的奈波爾《大河灣》獲得布克獎，文壇譁然，嘲笑給錯了人。接下來是《人聲》（*Human Voices*）和《在弗瑞迪學校》（*At Freddie's*），然後重拾傳記，出了《夏洛特．繆和朋友》（*Charlotte Mew and Her Friends*），寫寂寞無名女詩人的一生。她愛傳記，爲敬愛的人立傳，半玩笑說過：「寫小說是爲了賺錢寫傳記。」這是她最後一本傳記，此後回到小說。

現在她掉轉眼光看向世界，又再完成四部小說：《無邪》（*Innocence*）、《初春》（*The Begining of Spring*）、《天使之門》（*The Gate of Angels*）和《藍花》，背景分別在義大利、俄國、英國、德國，寫的都是二十世紀歷史轉捩充滿希望的年代，故事各異，而無不原創驚人。《初春》和《天使之門》都進入布克獎決選。等到一九九五年《藍花》出版，登峰造極，畫下完美休止符，卻爲布克獎評審冷落。

基本上她還是少有人知，不然就是被畫入寫些枝節瑣碎的輕型作家。即使有點名氣了，常應邀爲副刊寫書評參加文學活動接受訪問，也不過勉強維生而已，省吃儉用到出門參加國際文學會議必帶一條曬衣繩，以便將洗淨的衣服晾在窗外。同是作家的好友裴娜樂琵・賴芙麗一次參加筆會會議，坐在費茲傑羅後面，細看她的洋裝，發現「好像是用窗簾布做的」。

眞正名利雙收，要等到《藍花》在美國得到國家書評人獎而且暢銷。那時她已八十歲，開了兩次生日宴慶祝，三年後（二〇〇〇年）去世。

7

她的作品短小是有理由的。她來自一個寡言惜字的文人家族，父親是詩人和諷刺雜誌《Punch》編輯，三個傑出的叔叔也都寫作，都強調用字經濟。潛移默化，醞釀出她自己素淡含蓄點到爲止的寫作哲學，認爲解釋太多，形同對讀者的侮辱。因此不管寫什麼都樸質精簡，盡在不言中。

她的小說從不走直線，而是迂迴曲折，圍繞一個似有似無的圓心遊走。在這遊走當中，給讀者似乎無關緊要的旁枝錯節，帶人進入一個高度逼眞而又彷彿荒誕離奇的世界裡，故事便在這個眞假繃張當中從容不迫展開。然其實幾乎沒有故事可講，場景來了又去，人物對話起落，每一幕都生動鮮明卻欲言又止。重情節的讀者恐怕會覺得找不到故事可循，很快就丟下了。只因她的小說有個門檻：讀者必須用心積極參與，不能只是被動要求娛樂消遣。知道的讀者會發現她的故事從一開始就具高度喜劇和懸疑，架設在彷彿不相關的枝節上。

8

裴娜樂琵．費茲傑羅善用突兀的開場，給人深刻印象。

且看散文〈上學的日子〉起頭：「人生當中有兩次，你知道得到所有人的讚許：學會走路，和學會讀書的時候。」先是讓人一愣，想想才會心微笑。

《初春》：「一九一三年，搭火車從莫斯科到查令十字路，在華沙轉車，要十四鎊，六先令和三便士，費時兩天半。」你不免自問：爲什麼要講這些細節？

《天使之門》：「這風怎麼會這樣強勁，這樣深入內陸，害得午後騎腳踏車進城的人看來更像身陷險境的水手？」描述劍橋城外一個狂風的下午，楊柳彎折到地，幾頭牛吃葉子絆倒四蹄朝天：「好一番混亂的景象，樹頂到了地上，腿在空中，在一個致力於邏輯和理性的大學城。」我有時反覆研究這個段落，推敲句子安排。

9

《藍花》這樣開場：「雅各・狄瑪勒沒蠢到看不出他到朋友家這天正是大洗衣日。」平常無奇的細節，通過一個次要角色的觀點呈現，卻讓人訝異難忘。一位作家多年後回想以爲她花了許多篇幅描述這個情景，回去重讀發現不過幾個句子而已。

她最後四部小說都可算歷史小說，《藍花》則同時具備傳記色彩。很長一段時間，她一直在思索怎麼結合傳記和小說，以一種全新的形式表達，終於有了《藍花》。融合小說、歷史和傳記，以五十五篇短小章節構成，切換迅速，如夢，如詩，如靈思，如冥想，吉光片羽，充滿玄機。講十八世紀德國浪漫派詩人諾瓦利斯愛上一個十二歲女孩的故事，可說是部愛情小說，不過迥異一般愛情小說，看完讓人錯愕驚歎。什麼是愛情？生與死、靈與物的意義何在？藍花代表了什麼？

這本小說特別難寫，從搜集資料到完成花了她四年。手稿寄出，出版社編輯兩個月沒有回音，終於來信說他一開始看就放不下，「連夜讀完，最後淚流滿面」。另一個編輯說：「《藍花》給我的作用就像音樂，我整個人感覺好了許多。」

藍花的靈感那裡來的？最初是裴娜樂琵從勞倫斯（D. H. Lawrence）小說〈狐狸〉裡讀到的快樂之花，藍色，致命。而後發現他的藍花來自諾瓦利斯未完的小說（*Heinrich von Ofterdingen*），象徵渴望不可及的東西。後來她又讀到喜馬拉雅山的藍色罌粟花，特別喜歡，以它爲心目中的藍花。一次回答讀者提問：「我的想法，藍花是你想它是什麼就是什麼。」

10

有另一個裴娜樂琵，在她的書信集裡。

讀她的信，宛如走錯人家——這是她嗎？這樣脆弱傷感，眞情流露，和冷靜全知收放自如的那個小說家全不一樣。從這些信裡，我們看見一個才華卓越心竅玲瓏的作者灰頭土臉的生活實際：年輕時怎麼經過戰火的驚恐，中年時怎麼兼顧內外奔命操勞，以及在寫作出版上所受的障礙挫折。一家出版社編輯說她不過是個玩票作家，她洩氣之餘質問：「我自問一個人要寫過幾本書，刪過多少分號，才算職業作家？」回頭又在給朋友的信裡說自己「不是職業作家，只是寫寫自己喜歡的人而已」。二女兒一句「文學沒用」，讓她洩氣非常。子女相繼離家，她十分傷感，覺得家裡掏空，不成家了。出書需要個人照，她的相片張張奇醜，她難過得簡直不敢出門。我們還看見她買菜、種花、趕公車、做衣服、用茶包染頭髮。她興趣廣泛，歷史哲學科學植物無不好奇，尤其熱愛藝術和建築。心巧手也巧，做陶藝，畫畫，信裡常附帶插圖，還自己做風格獨具的各種卡片。

在一篇自述生平的散文裡，她提到大多女性作家都難逃廚房寫作的經驗，也就是必須在一大堆沒完沒了的瑣碎當中偷空在廚房桌上寫作。她自己就是這樣，第一個長篇是趁教書空檔在教員休息室裡開始的。這樣零零碎碎匆匆忙忙寫下來，等到真有了大片夢寐以求的寧靜卻一個字也寫不出來了，只盼望有什麼事打破沈寂，說「只有在倫敦才寫得出東西來」，她需要那份忙碌熱鬧。

11

她認爲人生悲苦快樂短暫，因此難以安排圓滿結局。她以素樸的文字捕捉各種階級身分性格的人，尤其集中在全力掙扎卻卑微失意的小人物身上，帶著理解和同情。她的小說便是她人生觀的反映。

她把人分成兩種：殲滅者和被殲滅者，將自己歸類後者。小說裡一個又一個默默遭受殲滅的失敗者，原型經常便來自她自己。也因此她的小說裡經常可見處於困境，卻堅毅獨立的年輕女性。

此外，她是個道德感深厚的作者，作品裡總涉及善與惡、靈與物、強與弱的掙扎辯論。她反對立場中立的作者，質疑：「一個完全沒有立場的作者有什麼用？」唯獨她不說教，而是讓你驚動沈思。

她有一篇小文解釋爲什麼寫小說，極其坦白：一，喜歡說故事；二，爲小人物說話；三，賺錢。

晚年衡量自己作品，她說：「我始終忠於我最深的信念——我的意思是忠於那些生來遭受挫敗者的勇氣、強者的弱點、誤解和錯失良機的悲劇，這些我盡力當作喜劇來處理，不然我們怎麼能夠承受？」她稱她的小說悲喜劇。

牛津學者法蘭克・肯謀德讚美讀裴娜樂琵的小說「幾乎可以期待完美」，一點也不過譽。小說家A・S・拜雅特推崇她的《藍花》是大師之作，問：「她是怎麼做到的？」

12

當代作家當中，推崇裴娜樂琵的名家不在少數。朱利安・拔恩斯便是她的大書迷，有篇回憶她的文字，寫遇見她同台演講然後同火車回倫敦的一段經過，荒謬簡直就像裴娜樂琵的小說片段。他描寫她「裝出是個做果醬不辨方向的老祖母」，打開手提袋大海撈針找地鐵車票，令人絕倒。她晚年有些照片，確實土裡土氣像個愚昧無知的老太婆，輕易騙倒許多人。

何曼恩．李（Hermione Lee）寫的傳記《裴娜樂琵．費茲傑羅的一生》，挖掘深入，讓我們看見了立體的她。我們發現這個歷盡艱辛筆帶同情的作者，其實是個矛盾複雜不欲人知的人物。她有好幾面，好幾個化身。有的人覺得她溫暖真摯，有的人覺得她高傲冷淡，有的人覺得她倔強難纏。無論如何她好強內斂，寧折不彎，犀利起來毫不留情，硬起來像一堵牆，古怪固執又滑稽可笑。

總之，裴娜樂琵是個神祕人物，即使和好友也未必把手談心。她樂於談兩個女兒和一群孫子孫女的事，卻從不談丈夫和兒子。也許親人之外，從沒有人摸透過她，但何曼恩．李幾乎做到了。這部傳記入選《紐約時報》二〇一四年度十大好書，簡介裡形容裴娜樂琵：「是個難以捉摸、原創的奇蹟製造者（…）她的小說有一種收斂的力道和強烈的壓縮……」

13

西方小說家裡面，我偏愛契訶夫和艾莉絲．孟若，兩人都以短篇見長，格調不同。但裴娜樂琵別有一種剔透機鋒，格外誘人。難以說清那魔力何在，也許是文字澄澈，加上那宛如天空的大片留白。

此外貫穿她所有作品，是難言的美感。她是個熱愛美的人。文筆絕妙，三言兩語便捉住神韻，讓人如見其人如在其地。

每當我寫作上意興消沈，便去讀裴娜樂琵的小說。每次重讀，不免又再驚喜一次，晚餐時興匆匆講給B聽。我們看書的品味不盡相同，但有交集——如我，他也是裴娜樂琵迷。當初我介紹《藍花》給他，和我一樣，他立即給她吸引了去。

她去世以後，散篇文集先後出版。書信集《所以我想到了你》（*So I Have Thought of You: The Letters of Penelope Fitzgerald*）由大女婿詩人泰壬斯・督黎（Terence Dooley）編輯，他在導言裡寫：「沒有一個婆婆在女婿眼裡是英雄……」不尋常的是，他對她充滿了讚歎，覺得她始終像謎。

確實，她是個謎，她的小說也是。

光的重量：重讀《遺愛基列》

《遺愛基列》經由尋常又不尋常的人物和故事，展現人生苦惱衝突的種種面相，充滿了寬厚的理解與同情（⋯）多少平常而又珍貴的片刻，極其動人。裡面有親情、宗教、種族、歷史，和生命與自然的美好神祕，在在讓人駐足沈思。她讓我們看見信仰有許多種類，也有不同的表現和實踐方式。再怎麼虔誠熱烈的宗教信仰，並不消解疑惑、爭執、恐懼、失望等等人與生俱來的矛盾和悲傷，因而有無比的感召力。

我們許多經驗究竟有什麼意義，當時自己並不明白。
我們有千百個理由度過此生，每個理由皆百般充足。
——艾姆斯

1

一天隨手從書架上抽出《遺愛基列》，看將起來。難說是第幾次了。施清眞的譯文優美（編按：本篇譯文採用二〇二二年木馬文化版本），比原文更有種親切感，從書名翻譯便看得出來。原書名是《基里亞德》（Gilead 音譯，虛構的美國愛荷華州小城名），加了遺愛兩字，感覺完全不同。瑪莉蓮・羅賓遜用字純樸，通過老傳教士艾姆斯之口，字裡行間充滿了關愛。譯文不但充分傳達，用字遣詞更增添了溫柔韻味。

我在原文和譯文間來回賞玩比較，不斷重新體認中文內在的抒情之美。

譬如開篇句：「昨晚我告訴你有朝一日我將離去……」也可以譯成：「昨晚我告訴你有一天我會走了……」用「有朝一日」便多了分哀戚，設下全書無奈傷感的基調。

一處艾姆斯提到某天午後光線之美：

「光線似乎帶有重量，擠出了草地上的水氣，逼出了門廊地板上的霉味，甚至有如晚冬的殘雪積壓著樹梢。光線駐足你的肩頭，恍若小貓窩在你的大腿上，感覺親切而熟悉。」

光線、晚冬、殘雪、樹梢、駐足、恍若這些詞，都帶了原文沒有的詩意，這並非出於譯者故意粉飾，而來自有些中文詞彙的「內在詩性」。若避過那些「詩味詞」，可譯成：

「那光似乎帶有重量，擠出了草的濕氣，逼出了門廊地板裡老舊的酸味，甚至像晚冬的雪壓沈了樹。那光停在你肩頭，有如小貓窩在你大腿上。是這樣的熟悉。」

也許更近原文，但少了那優美。有時號稱某中譯比原文好看（對這說法我總存疑），原因在此（那些刻意加油添醋美化的不算）。

另一處艾姆斯談到存在，一開始說得很妙：「我最近常想到『存在』，事實上，想得滿心敬慕，幾乎無法好好享受活著的每一刻。」然後他想起有一次橡樹落實好像下冰雹般壯觀：

「有時我覺得自己像個孩童：我張開眼睛，看到許多以前所未見的奇妙事物，卻很快就得再度閉上雙眼。我知道相較於永生，世間一切不過是幻象，但世間卻因此變得更可愛。世間存有凡人之美，我眞不敢相信人們踏入永生之後，竟會忘了肉體的奇妙；肉體雖非永恆，但延續生命、年華老去，卻是最奇妙、最有意義的過程。從永恆的觀點來看，我相信每個人在凡間的旅程都是一篇有如《特洛伊》般的史詩，值得後人在街上傳誦。我無法想像有誰能將這個旅程一筆勾消，我相信虔誠的心也不容我遺忘。」

其實施淸眞譯文並不盡然緊貼原文，如果倒譯回去可能和原文有所差距。出於好玩，這裡我且另譯：

「有時我覺得像個小孩張開眼睛，看見永遠無法指名的事物以後又再閉上了。我知道相較於等在前頭的，這一切不過是幻象，正因這樣卻反而更加美好。這裡面帶了凡人之美。我無法相信當我們都經過轉化不朽了，竟會忘記短暫必死的奇妙、生殖和老朽那至高無上的燦爛大夢。在永恆的國度這個世界將如特洛伊城，我相信，所有在這裡發生過的將如宇宙史詩，成爲街頭傳頌的歌謠。因爲我不能想像任何眞實會將這些一筆勾銷，我想虔誠也不容許我嘗試。」

無疑施淸眞的譯文優美許多，而且大體上並不脫離原文太遠。讓我選的話，我會挑她的譯本。她不但譯出了原文本意，還給了它淳厚溫暖的色澤，是我比不上的。我這裡的另譯因此不是批判，只是久沒翻譯手癢的練習遊戲。

2

一處艾姆斯談到聖餐和身體，坦白說：「我眞喜愛自己這副軀殼。」葡萄酒和聖餐象徵耶穌的鮮血和身體，是我怎樣都無法接受的野蠻和牽強。可是他說：「基督的身體，爲你毀棄；基督的鮮血，爲你流出。你抬頭從我手中領取聖餐，童稚的臉龐是如此肅穆、美好。身體與鮮血，兩者皆奧妙至極。」

我虛心聆聽，竭力體會他話中含意，卻像穿不過針眼的駱駝，怎麼都進不了他的境界。也許我偏見太深，疑問太大。

我暗自爭論：宗教難道不是人爲產物嗎？所有不容懷疑不可違背的眞理或教條，難道不都是人假託神的名義造出來的？畢竟，天何言哉？是人吱喳不絕，以神之名設立了一條又一條的禁忌規條？《阿含經》也好，《聖經》也好，《可蘭經》也好，難道不都是人假造物之口自說自話？而什麼是人，不就是一團烏漆八黑嚮往光明？一根思考的蘆葦自以爲是擎天巨木？

艾姆斯這句：「有時我覺得自己像個孩童：我張開眼睛，看到許多以前所未見的奇妙事物，卻很快就得再度閉上雙眼。」難道不恰恰說中了我們的狀況？

「天地不仁，以萬物爲芻狗。」《道德經》裡不是說？

是的，我疑問太深。

因爲太多前人提供的所謂解答本身導出更多疑問，不如以草木鳥獸爲師。

不過這並不表示我歧視宗教，反對宗教。我只是無法停止質疑和探索。

3

儘管我對《遺愛基列》並非無所挑剔，卻總不失初讀的感動，讓我一再驚訝。相對，羅賓遜的散文我卻看不下去。就像艾姆斯，她是個虔誠基督徒，而且是個閱讀深廣高度自信的知性基督徒。但她寫宗教信仰既乾又澀，而且總給我種「眞理只此一家別無分號」的高傲和封閉感。譬如她談到不解何以有人不信上帝，因爲宇宙萬物這般神奇，讓我不禁失笑。因爲對無神或未知論者來說，那神奇之感一模一樣，只不過導致相反結論。一個沒有上帝或任何造物的宇宙，毋寧更加神奇讓人驚歎。信仰帶來膜拜，無神或未知論者則從驚歎更進一步，擺脫宗教這個中間人，直接深入探究宇宙自身的奇幻奧祕。幸好她的小說世界是另一番景致。

羅賓遜寫作嚴謹，只出過五本小說：《管家》和「基列四部曲」（另三部是《家園》、《萊拉》、《傑克》），本本獨特引人。《遺愛基列》經由尋常又不尋常的人物和故事，展現人生苦惱衝突的種種面向，充滿了寬厚的理解與同情。看老艾姆斯寫他祖父強悍不屈的信仰方式，父親與祖父的爭執破裂，寫他對年輕妻子和幼齡兒子的柔情，多少平常而又珍貴的片刻，極其動人。裡面有親情、宗教、種族、歷史，和生命與自然的美好神祕，在在讓人駐足沈思。她讓我們看見信仰有許多種類，也有不同的表現和實踐方式。

再怎麼虔誠熱烈的宗教信仰，並不消解疑惑、爭執、恐懼、失望等等人與生俱來的矛盾和悲傷，因而有無比的感召力。

4

這部小說其實是艾姆斯寫給兒子的一封長信，或許更接近許多封想到哪裡說到哪裡的即興短信。老牧師知道來日無多，千言萬語多少心事要交代，於是提筆給未來的兒子寫信。

回顧一生，是件困難的事。從頭到尾艾姆斯閒閒道來，語氣溫和平緩，好像毫無火氣。其實他是有脾氣的，自己很清楚，偶爾脾氣發作，語調便不由自主尖銳起來。譬如一次鮑頓的女兒拿了一本舊婦女雜誌來，是鮑頓特地交代留給他看的，知道裡面有篇文章會惹艾姆斯惱怒，他等著看好戲。有趣的是，也是在這裡通過對果凍食譜的反應，艾姆斯流露出含蓄的幽默感：「法律實在應該明文規定，雜誌中若出現討論宗教的文章，前後二十頁之內不得刊載果凍沙拉食譜。」至於這有什麼好笑，只好請你自己去發現了。

身為牧師，艾姆斯對人固然充滿關懷悲憫，但免不了裁判——他不是爛好人，他有自己的意見，自己的標準。譬如對鮑頓的兒子，亦是他的義子傑克，反應特別強烈。一次傑克來教堂聽他講道，艾姆斯從講壇上看見妻兒和傑克坐在一起像個和樂小家庭，形容自己「這個邪惡的老頭子」竟滿腹嫉妒。後來他再三反省，自問最恐懼什麼，答案是：將妻小留給一個品行不端的男人。他警告兒子小心傑克，他操守不好。

5

也許受到艾姆斯寫寫停停的語調影響，我也就看看停停。讀幾頁《遺愛基列》或原文，就換去看其他書（包括羅賓遜頭一本小說《管家》和《遺愛基列》下一部《家園》），然後再回去，繼續在譯本和原本間穿梭。未必逐段逐頁並行看，倒是常前後錯開，時而爲了遣詞用句停下來，推敲玩味。

偶爾無意間，發現了漏譯或誤譯的地方。譬如一處傑克和艾姆斯妻子說他久沒回老家，「附近有人以爲我是亞當」。其實「以爲我是亞當」是個常見說法，以亞當代表任何男子，意思是「認不出我是誰」（編按：本文於二〇二〇年刊於《聯合報》；二〇二二年木馬文化版本已更正此處譯文）。有的對話譯得太文，不像口語，譬如說「此話屬實」，譯成「這話倒是眞的」便比較自然。這些都是小疵，無傷。

有時我幾乎是帶著期盼從原文換到譯文，等不及看譯出什麼風光。像艾姆斯思索自己對傑克的恐懼這段：「傷害到你和傷害到我是兩回事，而這正是問題所在。他大可把我從樓梯上推下來，我還沒跌到樓底下就想得出神爲何要我寬恕他；但他若傷到你一根寒毛，只怕神學也派不上用場。」比原文有意無意的玩笑更多了點說不上來的風趣。

竟然一路都在談翻譯，本想隨意談談這書寫法和人物的。實在是翻譯這樣難，再加上不同譯者不同哲學，各有堅持。不禁自問：是不是有一種最好，可作典範的譯法？想想未必。多少宗教多少神祇，哪一家是眞理至尊？西方俗話說，條條大路通羅馬，剝貓皮不止一種法子。做壞一件事有許多種方式，做好一件事也是。連翻譯都這樣難以定案，更何況神魔虛實夾纏不清的宗教了。

6

生命將盡，而大惑不能解。浪子傑克讓艾姆斯不得安寧，帶了我一起。

爲什麼我對傑克充滿了同情？不免自問。他自知犯錯而時刻受苦，因此常雙手掩面彷彿無顏面對父老。難解的是，聰明過人的他爲什麼一錯再錯？放大去想：爲什麼我們總一錯再錯？

一天艾姆斯午後昏沈欲睡，想到傑克：「在我眼中，那一刻的傑克似乎像個天使，臉上籠罩著生命的神祕與哀愁，思索著人世的奧祕。」

可憐的艾姆斯，他眞的竭盡全力要了解傑克，寬恕他，護佑他，毫無保留地愛他。

書快要結束，我不時放下書看窗外。想了很多，並不急於看完。

我不能不告訴你我愛你

——走過幾個情書世界

（…）重點不盡是為愛死去活來的人物，而更是愛情本身的強大神祕（…）痴迷盲熱，欲生欲死，從狂喜的尖峰到絕望的深淵，到最後愛情凋萎死滅又奇蹟重生，讓人不忍看不敢看又不能不看放不下手。如果每個人在踏入情場前先看這部小說，也許就不亟於跳進去了。唯獨，愛情沒遊戲規則可循。在愛情面前，人注定一錯再錯。

1

珍．奧斯汀的小說我向來不太熱中，喜歡而且看完的只有《勸服》（*Persuasion*）。《勸服》是奧斯汀最後一本小說，死前完成身後才出版，在她六部小說裡最薄也最成熟。寫失而復得的愛情，也寫失望和堅持、試煉和成長。有的作家認爲是她的巔峰之作，我也覺得。

最近重看《勸服》，雖不像《傲慢與偏見》很快丟下，有的地方還是刺眼。加上十九世紀的文體讀來不順，我的紙本書字體粗行間又小，看來格外吃力。只能不斷提醒自己慢慢來，於是以蝸牛的腳步，見到了以前錯過的景色。

其實喜歡奧斯汀的文筆，愛那簡潔明快和犀利嘲弄——《勸服》的開篇句諷刺安的父親極度虛榮簡直是神來之筆。通常她難得白描，我一直以爲她不愛也不善寫景物，這次細細讀來才發現全然不是，大筆速寫萊姆（Lyme）海港周遭山水田野之美，有種潑墨的恣意生動。所以不是不能，而是不願以無謂細節堵塞文氣。她從小熱愛全家遊萊姆，這裡正好把那份深情寫了進去。還有，描述哈佛船長萊姆家空間雖小但富情趣，因爲一些他做的精美家具和從海外攜回的異國奇物，展現了他的性情品味。相較，我們對溫沃斯的了解反倒沒這麼深，除了他對安的愛。

溫沃斯和安年輕時熱戀，他求婚她也答應了。但因出身不同加上他只是個沒錢的海軍軍官，安最後接受母親生前好友的勸說放棄了他。多年後再見兩人仍然單身，但他現在不但升到船長而且在海外發了財，回到岸上物色妻子。他英俊瀟灑意氣煥發，周旋兩個崇拜他的青春女子間，而安憔悴寡言一無奢望。

直到第二十三章，出現了一段探討愛情最深刻動人的對話。安和哈佛船長談男女間誰能眞愛不渝，他指出：「沒一本書不提女人輕易就變心了……不過你大概會說那些書都是男人寫的。」安反駁：「沒錯，我是可以那樣說……在訴說自己的故事上，男人比我們占了太大優勢。是他們有機會受更高教育；筆是握在他們手裡。我不認爲可以拿書來證明任何事情。」表現了十分前衛的女性意識。可是經過幾番委婉熱切來回，最後卻近乎自嘲地總結：「我只能說我們女性比較優越的是（這沒什麼大不了，你不必羨慕），我們愛得最長久，在活不下去或沒有了指望的時候。」

《傲慢與偏見》裡也有些鬥嘴打趣的地方，兩場關鍵戲便是近似羅馬競技場的決鬥，尤其近尾凱撒琳夫人登門興師問罪，伊利莎白昂然迎戰那幕精采萬分。顯然奧斯汀喜歡這種口角爭鋒，小說裡總精心設計安排，除了讓角色展現口才和性格，也藉機滿足創作欲，「炫耀」一下自己的機智。

萊姆是個重要地點，扭轉劇情的關鍵事件在這裡發生，之後步調才緊湊起來。安和溫沃斯再度在巴斯相逢，一次又一次千言萬語無從說起。最後溫沃斯無心聽到安和哈佛的對話情緒翻湧，當下揮筆傾訴才打破僵局。那信轉述便風味全失，只能引用原文：

「我再也沒法沈默靜聽了，而必須以我能夠的方式向你訴說。你穿透了我的靈魂。我半是痛楚，半是希望。別告訴我太遲了，那珍貴的感情已經永遠逝去。我再度奉上我這只給你一人的心，八年半以前這顆心幾乎給你粉碎了。別斷言男人忘得比女人快，別說他的愛死得早。除了你，我不曾愛過別人。或許我曾經不公，曾經軟弱懷恨，可是從沒變心。是你引我到巴斯來，只有爲了你，我才苦心計畫。難道你沒見到？竟然不了解我的期望？假使我能知曉你的心意，就像我相信你必然看透了我的，便等不了這十天。我簡直寫不下去了，不斷聽到讓我崩潰的話。你壓低了聲音，可是從音調我聽得出別人聽不出的東西。太好，太完美的人兒啊！確實，你沒錯看我們。你認爲男人裡也有眞摯不渝的感情。你相信那感情無比熾烈，而且始終不變……」

不長，也沒什麼文采，但字字打中人心，那坦率直言比任何海誓山盟都眞切動人。相對，《傲慢與偏見》裡達西向伊利莎白示愛，衝口而出：「我試了又試，一點用都沒有。怎麼也壓不下我的感情。你一定得容許我告訴你我是多熱烈愛慕你……」緊接解釋他痛苦的「天人交戰」（經由全知敍述者乏味的簡述），最後請她嫁給他。

沒想到伊利莎白震怒一口回絕，反過來痛罵達西不但徹底羞辱了她，而且舉出許多例子指責他高傲自大面目可憎。他大受刺激，隔晨寫了密密麻麻的長信一點一點辯白澄清，親自送到她手裡。這信遠非甜言蜜語，這樣開始：「收到這封信，女士，不用擔心裡面重提任何先前的感情，或更新昨晚那讓你厭惡的要求……」但正如溫沃斯倉促而成的短箋，有力挽狂瀾的功效。

結局不用多說，除了若沒這封信，她便不會回心轉意。也就是，這封毫不浪漫的信才是達西眞正把自己獻給了伊利莎白的情書。

這裡得添一句：不管達西再怎麼正直高尚，不管多少女性讀者爲他瘋迷，我還是認爲他是個平板不眞全無說服力的人物，難怪每個飾他的演員都慘不忍睹。過錯不在他們，在原著。

2

長篇小說《失落詞詞典》（*The Dictionary of Lost Words*，我會譯成《失落用語詞典》）寫的是《牛津大辭典》誕生過程，背景是第一次世界大戰初期英國，社會正醞釀巨變，從女性開始走出家門試圖「進入」歷史，譬如著書立說、爭取投票權上街抗議、參與編輯《牛津大辭典》，到慘絕的殺戮戰場，涵蓋廣闊，眞人和虛構融合無間。然中心是情，從親情愛情友情到人間道義同情，充滿了悲憫和了解。主軸是艾絲玫一生，也就是《失落詞詞典》的由來。

艾絲玫的父親是《牛津大辭典》資深編輯，她從小坐在父親膝上或藏在編輯工作檯底下長大，早早開始認字愛上了詞語，後來成爲編輯助理。她熟知編輯人怎麼搜集篩選字彙定義解說，發現那以書籍爲本的篩選方式刻意排除某種字彙，尤其是關係女性和貧苦大衆的俚俗用語，譬如「女奴」這字，萌生了這個疑問：「所有詞彙地位等同嗎？」於是暗自搜集那些遺漏的單字，藏在女僕立姿床底的箱子裡。

艾絲玫母親早死，立姿從小幫忙照護她像個大姊姊。艾絲玫有系統認眞搜集俚俗用語，得歸功立姿許多無心啓發。立姿窮苦出身，不但說話口音不同而且常冒出奇怪字眼，引發艾絲玫好奇。她要求立姿帶她上菜市場，認識了一個滿口粗話的女舊貨攤販，聽取活生熱辣的市街語言，搜集第一手詞彙。立姿善良敦厚，雖不識字可是聰慧有見地，時而說出意義深長的話（後來是她給了「女奴」一個更寬廣的解說），是全書最讓人難忘的人物，除了她只有後來的蓋瑞斯知道艾絲玫的「失落用語詞典」。

蓋瑞斯不是艾絲玫第一個情人。她的初戀結局慘痛，未婚懷孕加上放棄女兒給人領養，讓她傷心幾乎崩潰。當她和蓋瑞斯相戀已深決心坦白祕密，以爲他必痛心而去，可是他毫不在意反愛她更深。過不久兩人野餐他給了她一個包裹，裡面是本薄薄小書，綠牛皮面精裝，《牛津大辭典》字體的燙金書名《女性用語和字意》，第一頁下方印了「艾絲玫．尼克爾編輯」。是他花了一年餘暇加上印刷部同仁幫忙，祕密將她零散的「失落女性用語」紙片編輯印成的，從設計選紙排版到印刷裝訂樣樣親自動手。這只此一本的精美小書是他給她的求婚戒。

戰爭爆發在即，大多印刷員工從軍了，印刷部幾乎沒有人手。三十六歲的工頭蓋瑞斯仍在役齡，遲疑再三畢竟參軍了，軍官訓練一完就結婚，不久上了前線。給艾絲玫的家書思念之外，多在報告軍中聽到的新話新詞，還有是勉力傳達一點戰爭實況：「……也許有些事就是沒法表達的。詩人可能有本事表達……我不是詩人，面對這巨大經驗，我具有的詞語蒼白無力。我可以跟你說情況悲慘，這裡的泥巴更泥濘，潮濕更潮，德國士兵吹的笛聲比我聽過的任何聲音都更悽涼動人。可是你沒辦法了解。莫瑞博士＊的辭典裡沒有一個字足以表達這地方的惡臭……」沈痛至極，尤其是最後一句。

《失落詞詞典》是澳大利亞作家琵璞．威廉斯（Pip Williams）第一本小說，最初我只是好奇看看，沒想到越看越喜歡，從運字場景和時空調度，無不恰到好處，讓人沈浸其中（我看了兩次）。經由語言為人間打抱不平，意圖很大，可是文字收斂，幾乎是輕聲細語，沒任何吶喊控訴。徐緩道來如滴水穿石，人物和細節躍出紙面，逼真生動如在眼前。不知不覺中季節來去，小女孩長大成人，辭典隱藏的不公越來越明顯。等到《失落詞詞典》從一堆紙片變成一本漂亮小書捧在艾絲玫手裡，我們只覺理所當然。

蓋瑞斯離家上前線前夕，艾絲玫從箱裡取出小辭典抱在胸前，心意顯然但無法出口。他說：「這裡每一頁都有我，就像每一頁都有你。這本書就是我們……」情書沒有文法，甚至未必是用寫的。

《失落詞詞典》印出，無疑蓋瑞斯必死。如果沒有犧牲，小說便無法動人。之前蓋瑞斯對艾絲玫感傷印刷同仁一再陣亡，覺得「忽然一切都沒有了意義」，她便預感他沒法眼見他人赴死而自己滯留在後。轉眼悲亡的人成了他人哀悼的對象，這是戰爭最悲之處。蓋瑞斯最後一封信在他死後送達，字字讓人心碎。然而經由《失落詞詞典》，他偕同艾絲玫打了另一種戰，不用血肉槍炮子彈，而是以語言文字打的思想戰道德戰，毫不血腥卻意義重大。

《失落詞詞典》二〇二一年疫情當中在澳洲出版意外暢銷，威廉斯大受鼓舞，接下來要繼續寫成三部曲。我等著看。

3

問世間，情是何物？

《四封情書》（*Four Letters of Love*）裡的人物知道，他們燒煉過。

書名情書，無疑寫的是愛情，然寫法獨特，我好不容易看完。和微風細雨的《失落詞詞典》相反，以狂風暴雨寫成。有時將人拔到喜悅巔峰，有時讓人疲累看不下去。便是在這兩極拉扯之下我走走停停直到最後一句，厭煩處一縱掠過，欣賞處放慢腳步唯恐太快。看完好像從一場奇夢醒來，驚愕不能言。

愛爾蘭作家奈爾．威廉斯（Niall Williams）這部小說的特別，在重點不盡是爲愛死去活來的人物，而更是愛情本身的強大神祕。通過四對男女置身愛情狂飆的故事，捕捉了愛情的神奇可怖再加以放大：痴迷盲熱，欲生欲死，從狂喜的尖峰到絕望的深淵，到最後愛情凋萎死滅又奇蹟重生，讓人不忍看不敢看又不能不看放不下手。如果每個人在踏入情場前先看這部小說，也許就不亟於跳進去了。唯獨，愛情沒遊戲規則可循。在愛情面前，人注定一錯再錯。

《四封情書》以心的語言寫成，在第一人稱和第三人稱間交替。怒海狂濤大起大落，充滿魔幻意象，上帝天使風雲飛鳥蜂蝶花朵和鬼魂奇蹟都來參與這宇宙神人大戲，讀時我老覺得回到了馬奎斯《百年孤寂》裡。然這不是馬康多而是愛爾蘭，地方不同但有個共同點：都籠罩在天主教原罪救贖的雲霧與光輝裡。

其實不止四封情書，而是六封。這四對男女一旦中了愛情之箭，便似染上病毒如痴如狂。一個瘦長寡言的都柏林年輕公務員寫了一封熾烈情書給並不愛他的女子，她大爲感動愛上了信裡的情境而嫁給他，許多年後婚姻破滅兩人先後自殺而死。他們是敍述者尼可拉斯的父母。多年後尼可拉斯見到了依莎貝爾的相片立即狂熱愛上，不吃不睡滿腦是她甚至大病一場，正是舊詩詞裡的「爲情銷魂」。那時他暫住她父母小島上的家，就睡在她以前的臥房。她經歷了一場狂亂痛苦的戀愛不久前才結婚，住在短程渡輪可到的城市高維（Galway）。尼可拉斯寫了一封情書給她，被她母親祕密攔截燒燬。又寫了一封，同樣下場。第三封也是。她母親所以不顧一切毀滅情書，在爲了確保女兒幸福。情書至毒，她知道最深。當年她也曾寫了封情書給愛戀的詩人，不知怎麼寫只有一句：「我愛你，請來帶我走吧！」於是嫁給了他來到小島，過隔絕寂寞的婚姻生活。他做校長一邊寫詩，夢想成爲偉大詩人。可是詩乾旱了，他遁入酗酒。她隱忍失望，將心力投注在子女上。

要謀殺小說，莫過於這種流水賬式的劇情大綱。小說不光是情節，而是包括人物情節背景所有的千絲萬縷：是上天入地峰迴路轉的過程，而不是結局怎麼樣。抽除了裡面的風暴烈焰和天使花香，剩下的只是枯枝敗葉。且看尼可拉斯第一封信部分：

「我能寫什麼給你？我寫這些字好感覺你的眼睛讀過它們。好感覺那樣至少我在撫摸你，感覺當我寫下這些字而你收集起來，在每封信的閃爍中我們連在了一起。我想要見你。我想要抱你。」

威廉斯的書後語點出小說意圖：不是魔幻，而是隱喻。夫妻倆從美國搬到愛爾蘭鄉間投注寫作，沒想到很快陷入貧困。這是他頭一本小說，寫作過程困難重重，充滿了迷障與未知。那過程激發他思索人生的機遇和命定、懷疑和執著、理智和瘋狂、失去和獲得，進入小說化成了雙刃的愛情，費時四年才完成（一九九七年出版）。

命運如謎，喜劇也好悲劇也好，沒人有選擇，沒人能反叛脫逃。如尼可拉斯心想的：「和他無關；只是運氣。是碰巧，隨機而生……」讀者一方面被封在愛情的天羅地網裡幾近窒息，一方面又為熱情的浪潮推湧往前。尼可拉斯最後一封信僥倖逃過攔截，但終究無法送達。他沿海灘走了很遠趕上郵船親手把信遞上，不知那船後來為暴風雨擊沈。其實最後一封不是愛情囈語，而是話說從頭，講述帶他來到小島的因由。也就是他父親怎麼一日之間成為狂熱畫家，最終摧毀家庭妻子和自己的故事。沒有父親的畫，尼可拉斯便不會來到小島，遇見依莎貝爾。他寫信與否寄達與否，都無關大局。威廉斯並沒演出最後結局，但描繪了許多癒合重生的景象，而且明言不久後依莎貝爾將回到小島，告訴尼可拉斯他們在高維初遇共度那天她就愛上了他，日夜想念，決心離開婚姻。

所以有情人終必結合圓滿收場，彷彿貝多芬的〈快樂頌〉漫空交響天人震蕩。

荒謬嗎？人生有時就是這樣。

我想要再讀一次，再慢慢經歷一次那熾烈瘋狂。可是又有點遲疑，也許淺嘗即止，一次就夠了。

＊作者注：莫瑞博士是《牛津大辭典》主編，編輯室是他後園裡的一棟鐵皮工具寮，他稱作「寫字間」，立姿是在他家廚房幫忙的女僕，也負責準備編輯人員的下午茶。

我的達西問題

人人都可能做下出人意表的事，通常情有可原。可是前後達西似乎犯了嚴重人格分裂症，判若兩人難以置信（⋯）既然達西實在好，為什麼先前表現那麼糟？原來問題不在達西，更不在那些演員，而在奧斯汀這「始作俑者」。

去年寫了〈我不能不告訴你我愛你〉談幾本小說裡的情書，從珍．奧斯汀的《勸服》和《傲慢與偏見》說起，越寫越有趣。寫完後覺得對《傲慢與偏見》還有可說，尤其是「達西問題」。

我始終覺得，達西是個搶眼但空洞不實的人物，受小說邏輯擺佈，只是奧斯汀筆下的傀儡，關鍵在他性格前後不一差異過大。人人都可能做下出人意表的事，通常情有可原。可是前後達西似乎犯了嚴重人格分裂症，判若兩人難以置信。

且看原著怎麼展現達西。

小說並不以達西開始，而是他的好友賓利。是賓利在鄉間租下豪宅，引出那開篇名句「大家都知道，一個富有的單身漢必亟需妻子」，啟動了這部小說。不久賓利帶了姊妹兩人連同姊夫和好友達西參加麥爾敦村中舞會。賓利英俊有禮而且平易可親，大家印象極佳。然達西高大英俊儀表不凡，立刻把賓利比了下去。而且不到五分鐘全場都知道他比賓利更有錢，一致爲他傾倒，男賓認爲他人品出衆，女賓覺得他比賓利更英俊。可是舞會過半，大家發現他傲慢自大，好感一變而爲惡感。奧斯汀寫得妙：「就算他德比郡的龐大家產也沒法挽救大家對他的憎惡。」尤其是班奈特夫人，回到家後她向班奈特先生報告舞會詳情，最後宣佈：「我實在討厭他這個人。」因爲達西不但看輕在場所有人，而且侮辱了她二女兒伊莉莎白。這是伊莉莎白和達西的初遇，也給書名「傲慢與偏見」下了種。

無疑，傲慢的是達西，偏見的是伊莉莎白。從一開始兩方就「罪證確鑿」，需要整部小說來澄清扭轉。我的疑問不是達西是否傲慢（這無可懷疑），而是奧斯汀對達西的設計是否合理。許多年來斷續重溫《傲慢與偏見》，我從沒這樣質疑。而電視電影改編不論看多少次也沒這困惑，只是再三覺得那些達西冷峻呆立彷如怒目金剛的鏡頭實在可笑，這種觸目之感隨時間而加強。直到寫〈我不能不告訴你我愛你〉進一步思索才恍然大悟：既然達西實在好，爲什麼先前表現那麼糟？原來問題不在達西，更不在那些演員，而在奧斯汀這「始作俑者」。

奧斯汀的小說有個衆所周知的公式：她寫的是浪漫喜劇，必定完滿收場。《傲慢與偏見》由達西的傲慢開始，激起伊莉莎白的「偏見」，情節便隨這兩線發展到最後雙方回心轉意皆大歡喜。亦即達西是關鍵，故事需要他倨傲無禮又溫厚多情，兩者幾乎無法並存。奧斯汀給自己下了一個達西必得反達西的難題，即使需要地球逆轉太陽從西邊升起也在所不惜。

爲了走出這個圈套，奧斯汀從開始便一步步精心安排。在第四章深入比較賓利和達西性格時，再度指出賓利不擺架子平易近人。相對達西除了聰明，個性「傲慢、拘謹、挑剔，舉止得體可是並不友善」。總之賓利人見人愛，而達西冷淡輕易就冒犯人，難怪在舞會上把人得罪光了。

可是達西不止一面，奧斯汀運用不同人物觀點來呈現，從班奈特夫人、伊莉莎白、賓利，到和達西一起長大的威肯、達西的管家，各有各的說法。總括印象是達西高傲跋扈冷漠，一點都不討人喜歡。必須等到伊莉莎白嚴詞拒絕他求婚，他震驚之餘反躬自省，才一變而爲小說後來體貼周到的彬彬紳士。這樣極端反覆，怎麼解釋？

這正是伊莉莎白的困惑。她和舅父舅媽去德比郡參觀達西莊園潘柏里，女管家盛讚達西不但善待僕傭而且濟助窮人，好得不能再好：「任何知道他的人都會這麼說。」伊莉莎白大為驚訝。等達西本人意外現身，對她三人親切有加，更讓她錯愕不已：怎麼可能前後差異這樣大？

伊莉莎白的疑問正是我的疑問。最後達西態度作風完全改變，她也跟著修正自己的偏見，承認以前錯看了他，對他態度太壞。

其實，伊莉莎白的「偏見」遠非偏見，而是出於對達西所知有限而且有誤，導致判斷的偏差。她最大錯誤，不在總以偏激眼光詮釋達西行為，而在相信威肯*誹謗達西的連篇大謊。因為威肯的謊言，給予達西在給伊莉莎白的長信裡洗刷汙名的機會，扭轉了結局。她的「偏見」，無非一系列的誤導誤斷，和達西名副其實的傲慢不可並論。

我不是伊莉莎白，沒有愛情迷了眼，無法和達西的人格矛盾妥協——除非奧斯汀本意便在塑造一個複雜深刻自相矛盾的角色（大致上書中人物都相當簡單平板），這便另當別論。

以達西的家世地位來看，他衝突的兩面或可理解。一方面他可能本性正直而且家教良好，另一方面卻又不免典型富人的自命優越。正如現代的富豪慈善家，他們的善心與本身的優越不可分——沒有了那高高在上的角度便無法俯視垂憐眾生了。所以當珍在賓利家病倒，第二天伊莉莎白徒步跋涉三哩的雨後泥濘去看姊姊，賓利姊妹對達西取笑伊莉莎白一身汙泥蓬頭散髮的醜相，並作賤她家人的低下庸俗，達西非但沒出口反駁，有時甚至贊同加入，譬如說他「絕不會讓我的妹妹那樣丟人現眼」，沒有比這更洩露達西的階級意識了。反是賓利據理爲伊莉莎白辯護，讚美她姊妹情深，全沒注意到裙襬六吋高的泥巴，只見她容光煥發。達西和賓利迥異的反應，深刻表現了兩人性格與價值觀的不同。相對，達西只讚賞伊莉莎白明亮的眼睛輕盈的身形，以及她的佻巧慧黠。最後，這強大差異導致達西爲了「保護」賓利而拆散他和珍。

小說末尾，達西和伊莉莎白交換眞心以後回溯各自的心路歷程。伊莉莎白自責對他太過偏激嚴厲，簡直無地自容。達西卻指出正是她的嚴詞指責驚醒了他，才認清自己所作所爲多惡劣不可原諒，是她讓他羞愧難當覺悟自己多任性自私跋扈霸道，並指出根由：父母雖教他分辨善惡，但沒教他自我克制，養成他自私褊狹盛氣凌人的習慣，除了自家人不把他人看在眼裡。於是誤會澄清眞相大白，有情人終成眷屬。

到這裡我的達西問題全盤瓦解。原來說穿了只是個慣壞了的富家子，而且歸罪到父母身上。讓達西這樣推卸責任，雖然說得通，未免牽強。爲什麼不讓他像個眞正的男子漢挺胸擔當？他輾過衆人的桀驁哪裡去了？

然而因爲這番周旋，逐字逐句推敲，把奧斯汀又細品細讀，有了不少新發現，譬如散佈各處的純正奧斯汀妙句。

伊莉莎白告訴姊姊她和達西定情了，珍大驚不能相信，直到伊莉莎白再三解說才安心接受。珍問她什麼時候開始回心轉意，答：「一點一點的，難說。不過應該說是在我第一眼見到潘柏里莊園的美景時。」沒說的是她初到潘柏里，立即愛上眼前的山林流水，後來登堂入室隨管家一間間走過那寬敞優雅的宅第，望見窗外景色不禁惋惜：「所以我可能是所有這一切的女主人。」儘管只是一剎那而已。

稍晚伊莉莎白問達西什麼時候愛上她的，他說是不知不覺：「等我意識到已經在中間了。」這話老實有呆氣，是達西第二次說這種話。第一次是他向伊莉莎白求婚，那一大番盛氣凌人的話呆氣十足，幾乎笨得可愛——率眞，這是他最可貴之處。

因爲坦白說，達西有點鈍。眞，但是鈍。在伊莉莎白的精靈刁鑽面前，他永遠慢了好幾拍。可以想見此後伊莉莎白總不免捉弄達西，而他也總滿心愛慕自嘆不如，這場愛情遊戲就此趣味無限地玩下去。

＊ 作者注：威肯父親是達西父親的總管。威肯和達西一起在潘柏里長大有如兄弟，可是不長進，日後全靠達西相助。最後他一事無成怪罪達西，並捏造種種謊言誹謗。伊莉莎白爲他魅力所惑全盤相信，讓自己和達西吃足了苦頭。

我愛你，不要死

那晚她跌入地獄死了一次又一次，恨他到咬牙切齒。有趣的是驚恐萬分當中，迸出了最荒誕可笑的句子。

情是何物，讓人欲生欲死？許多人都問過這問題。

美國小說家安．派契特（Ann Patchett）有篇刊在《紐約客》的散文〈飛行計畫〉，寫的正是那欲生欲死。描述她先生卡爾從小對駕小飛機的狂熱和學飛過程，其中一節寫他飛行對她心理的影響。只要她也在飛機裡，哪怕狂風暴雨機件故障都無所謂，即使當初一次又一次，隨他忽高忽低練習降落難受到要吐，也從沒擔心墜機過。可是若他單獨飛行而她在家等候，便分分秒秒擔驚受怕直到他安然進門。

〈飛行計畫〉寫那憂懼煎熬最糟的一次，那晚她跌入地獄死了一次又一次，恨他到咬牙切齒。有趣的是驚恐萬分當中，迸出了最荒誕可笑的句子。我照抄關鍵一段然後稍微重組便是一首喜劇情詩，標題〈當希望渺茫但尚未斷絕〉：

「他第一通電話說天氣惡劣，
要換到另一座機場。
第二通說機件故障，
也許他可以修好，不然找人修。
那時九點，到了午夜還沒有音訊。
我開始和時鐘討價還價，
要求再等十五分鐘才開始新生活，
也就是，卡爾墜機而死以後的生活。
過了半小時我又要求延長十五分鐘，
從想像如果他死了的情景，
到真真知道他確實死了，
然後再要求延長十五分鐘。
因為他若死了就永遠死了，
我多給自己幾分鐘沒什麼不同。

在又給自己最後兩次延長以後，
我看見他的車頭燈轉進車道。
我出去站在雨裡，以滿腔愛意怒火
和鬆軟到幾乎癱瘓的心迎接。
他走進門，
累得快死可是沒死。
我恨不得殺了他，
因為他沒死。
你為什麼沒再打電話？
為了怕吵醒你。」

現在卡爾七十多了，還是熱愛飛行。既然不可能禁止他飛，從無數經驗她至少學到一件事：飛行這事有太多因素人力無法控制，和死亡討價還價更不可能，但買什麼樣的飛機可以主掌。只要他飛的是設計頂尖的飛機，起碼她人事已盡便比較能放心。反而是他嫌貴，捨不得花那個錢。她早已精心研究過（文中有不少各種飛機細節），絕無商討餘地。因爲卡爾快意飛行或遭遇危險時，根本想不到守候的她準備隨時做寡婦的心情。

爲了保護他，也爲了自己，這是唯一途徑。

這篇散文從頭到尾說的是：「我愛你，不要死！」

好些年前她另有一篇〈這是個幸福婚姻的故事〉（收在二〇〇三年同名散文集裡），寫怎麼在堅拒嫁給卡爾十一年後，終於在面臨他住院可能死掉時改變心意，探討愛情、婚姻以及幸福的可能。像童話故事曲折離奇（驚人的是還比不上她母親的戀愛故事），從一次又一次以「你找到的人裡我是唯一不要嫁給你的」拒絕他求婚，到爲恐懼所驅毅然在耶誕前夕冒暴風雪搭機到遠在明尼蘇達州的醫院去陪他。以利落喜劇筆法寫來，坦率風趣又動人，因爲個性和才氣，更因爲她是眞愛起來刀山油鍋也擋不住的那種人。

簡而言之，說的是：「我愛你，不准死！」

輯二

旅行和攝影

看不見的威尼斯

我所攝的水城腐朽破敗，美人遲暮加窮極潦倒，陰森如廢園鬼屋，像出自《聊齋》，不像亨利．詹姆斯、拉斯金及無數文人筆下風華絕代的威尼斯。

1

來也好，不來也好，城市總在那裡，也總是看不見。尤其是水城威尼斯。

威尼斯一直在下沈，除非工程科技能夠挽救，最後會沈沒不見。

2

二〇〇五年，在計畫許久以後我們來到義大利。頭一站威尼斯，然後南下佛羅倫斯。

八月底，旅遊旺季，從渡船上遠遠可見驚人景象：岸上壓壓一片蠕動的人頭！夏季不宜到威尼斯，寒季水城更美，我們知道。但爲了遷就友箏上學，只能在暑假來。

在《查泰萊夫人的情人》裡，勞倫斯對觀光客有一段刻薄描述：「他們要的是娛樂，簡直就像要從石頭裡榨出血來。可憐的山！可憐的風景！不斷受到壓榨，只爲了給人一些刺激，一些快感。」

一下渡船我們便成爲那群觀光蝗蟲的一部分，前推後擁身不由己，朝聖馬克廣場移動。幸而沒走多遠遇見一條直交小巷，我們毫不考慮拐進去。人群消失，只見一條窄小曲折石巷。我們暗自歡呼：現在可以開始玩了。也就是，開始迷路。

3

不迷路是不可能的。

在義大利十天裡不斷迷路。我們先飛到米蘭機場，租了車直奔水城。近三小時後路標出現了威尼斯，我們照路標指示卻老在打轉（義大利路標有時像經咒密密麻麻），水城就在眼前卻進不去，在外圍繞了幾圈才摸對路，因而見識了水城邊上的工廠和核電廠，以及現代公寓住宅區（和美國城郊差不多）。後來進佛羅倫斯，也是迷得團團轉。在美國旅行從沒這樣迷路的。

威尼斯到處是人。不像碼頭上那麼可怕，但感覺置身鬧市。在美國境內旅行，我們總挑人煙稀少的地方，譬如高山或是沙漠，經常只有我們三人。這樣人群簇擁，只覺壓迫想逃。

隨意亂走，非不得已才參考地圖。有時B會面對市區詳圖說禪話：「我們好像不在我們所在的地方。」看路牌我們明明在A，地圖卻說在B。難道同一街名兩處出現？最後乾脆收了地圖，憑印象摸索。彎彎繞繞，認出了走過的街道、上過的橋、經過的教堂，甚至又再撞見先前遇見過的襤褸遊民和黑人攤販。簷角那頭雕塑生動欲飛的大鳥，布店櫥窗裡那些疋細緻的花布，多虧迷路得以再欣賞幾眼。

累了便在台階邊坐下，喝水，看人。看來看去都是像我們的觀光客，可笑到這裡除了弓多拉舟子和板著臉孔的餐館侍者，沒見一個義大利人。

常買了冰淇淋邊走邊吃，因此吃了不少冰淇淋。榛實口味最香，後來單買這一味。

4

迷路，加上蓄意挑小路，結果走了很多窄巷，看見威尼斯比較隱私的部分。像破敗的石牆磚牆、生鏽的鐵窗、朽爛的木柱木門，還有牆角隨處可見的垃圾、惡臭的狗糞——旅遊指南裡沒有的。不只眼睛旅行，鼻子也在旅行。

看了不少寫威尼斯的書，最有趣的應屬歌德的《義大利日子》。他總以地質學和地理學家的眼光來看旅遊景物，保持客觀清晰，避免掉進浪漫唯美。在威尼斯兩週沒雇嚮導，一個人隨意遊逛。走過一條又一條窄巷，有的窄到兩肘撐開便觸到牆。有的街道髒到讓他困惑，開始在腹中草擬衛生規章，然後笑自己多管閒事。

卡爾維諾小說《看不見的城市》，說的就是威尼斯，它是歷史之城、文化之城、商業之城、宗教之城、慾望之城、腐朽之城。實際上，威尼斯也是情人之城、詩人之城、小說家之城、畫家之城、夢幻之城。

經常B和友箏走遠不見了，我單人落後。

駐足巷子深處看一扇來自《天方夜譚》的靛藍窄門。

遙望暗巷前方小橋台階上坐在陽光裡的兩個人。

在窄巷交口欣賞牆上如抽象畫的各色塗鴉和海報。

以及，看到處的古老石建築。

好似我來自速成塑膠世界，從沒見過金石土木的天然材質，只能像劉姥姥大開眼界，樣樣都覺新奇。我走得慢，前後左右上下觀望，腦袋幾乎要像貓頭鷹做二百七十度旋轉。拿手摸那清涼剝蝕的古老石牆，抬頭爲歪斜到幾幾乎就要掉落卻仍危危懸在二樓的鏽蝕鐵窗欄而驚訝。

但願能有大量時間，加上一隻絕好相機，讓我能在最恰當的光線和角度下從容攝取那些形狀銷蝕色彩淡去的石和磚，表現出牆面無數的疤痕坑洞、岩石本身呑吐空氣水氣的「毛孔」、腐朽木樁木門上峽谷似的深溝。無論如何，還是拿了數位相機照個不停，此外買幾本攝影集補充。

5

我所攝的水城腐朽破敗，美人遲暮加窮極潦倒，陰森如廢園鬼屋，像出自《聊齋》，不像亨利·詹姆斯、拉斯金及無數文人筆下風華絕代的威尼斯。當然我也有許多典型的「明信片威尼斯」：褪色憔悴韻味不減的拜占庭風格建築、運河上的小拱橋、形如弦月的弓多拉舟、蕩漾的水中倒影……

威尼斯人的色感絕頂，難以想像有人能把橘紅和粉紅擺在一起而不撞色不庸俗，能把對比和調和色用得那樣恰到好處。話說回來，很多非洲種族運用色彩和圖案的本事更狂野驚人。

最吸引我的是橫跨建築間一條條掛滿衣服上下輝映的晾衣繩——這可是眞的，最素樸實在的生活風味，不是掛出來給遊客看的。那些衣服懸在陽光下發亮，我不由看呆了。

走不了幾步便可見這樣的晾衣繩，有的沿牆就掛在兩窗之間。不禁好奇：這些繩子不比竹竿，是怎麼拉出去的，而且能拉得那樣直？衣服又是怎麼掛上的？照了許多晾衣繩，見到就照，從威尼斯照到聖．吉米尼亞諾。

6

後來在佛羅倫斯的烏菲茲美術館裡見到卡納勒托（Canaletto）畫威尼斯，很喜歡，回來後到圖書館找他的畫冊來看，見到一些畫的背景裡他甚至詳細畫了晾衣繩（沒在別的畫裡見過），更喜歡了。

卡納勒托是十八世紀的威尼斯畫家，善畫宏偉建築景觀。當時的名英國藝評家拉斯金認爲他只是個畫匠，光會抄襲景物，而且畫法死板，貶得極低。但後世評家認爲拉斯金所以貶卡納勒托，爲的是捧本國畫家透納（John Mallord William Turner）。透納的絕活是水景，筆下的天光水色燦爛迷離，比印象派更印象。把透納和卡納勒托放在一起，很容易便看得出拉斯金的偏見。小說家亨利．詹姆斯也貶卡納勒托，批評他篡改實景讓人頭暈。只有美國畫家惠斯勒（James McNeill Whistler）欣賞他，把他和西班牙畫家維拉斯奎茲（Velasquez）並論。

7

一天迷路很久，頂著炎陽彎來繞去，終於走到了猶太區（Ghetto）。Ghetto 這字現在用來通稱貧民窟，其實最初指的是十六到十八世紀時期，威尼斯劃給猶太人居住的隔離區。當年威尼斯除了限制猶太人只能在三個猶太區居住外，並設種種職業和行動上的限制。不過比起當時大部分歐洲對猶太人極度的迫害，威尼斯人雖然也不免歧視，起碼劃地收容。

我們到的這猶太區在一座小島上，以三橋相連。空曠的廣場上幾棵樹，散佈了一些在威尼斯各處難得一見的石凳。我們欣然坐下，環視四周素樸的樓房，研究對面牆上一系列的淺浮雕。

已到黃昏，斜陽拉過廣場，沒那麼熱了。角上一間窄小的猶太教堂裡，白襯衫長黑外套黑褲黑帽黑鬍鬚的學生正搖頭晃腦誦習猶太經書。附近拱橋邊，幾名男警女警聚在一起聊天。奇怪威尼斯鬧區幾乎不見警察，偏偏這裡特別多。廣場半在涼蔭裡，我們閒坐喝水，遊目觀看這一猶太生活切片。一個學生從猶太教堂出來，典型白衫黑衣黑帽黑鬍鬚，一手拿了本書，大步穿過廣場到對面大樓裡去。四樓一戶人家的窗子開著，一位老人倚在窗上看廣場上的人。一名導遊帶了一隊遊客，正在指點說明。此外，廣場上沒什麼人。

8

威尼斯由一百一十七個小島構成，一百五十條運河穿梭其間，靠四百座橋連起，像一片由水道和陸地交織而成的蕾絲。

從馬可波羅到卡薩諾瓦到莎士比亞，從歌德到湯瑪斯．曼，到拉斯金到詹姆斯到阿城，早在踏足威尼斯以前，我便在書中神遊了無數次。電影更不用提了，從《威尼斯商人》到《魂斷威尼斯》，從《兩小無猜》到《卡薩諾瓦》到《慾望之翼》，還有更多片名早已忘記的。威尼斯大概是上電影最多的城市。

剛好那年初美國導演麥克・瑞佛德的《威尼斯商人》上映，我們到戲院看了。不很喜歡，但後來還是買了影碟，爲了威尼斯。也爲了那最有名的一幕，艾爾・帕西諾演的夏洛克以沙啞充滿悲憤和嘲諷的語氣說：「……你若扎我們，難道我們就不會流血嗎？你若搔我們癢，難道我們就不會笑嗎？你若在我們身上下毒，難道我們就不會死嗎？」那一幕，不管看了多少次還是震撼。就像《簡愛》裡心碎的簡質問羅契斯特：「……你以爲我是個木頭人──是架沒有感情的機器？……你以爲，只因爲我貧窮、卑微、長相平凡又身材矮小，就沒有靈魂也沒有心肝嗎？……」一樣讓人心痛。

夏洛克那段話說盡了內心怨憤，顯示他並不邪惡，只是創劇痛深。莎士比亞把這最精采的一段話留給夏洛克，儘管他結局還是悲慘，我相信內心深處莎士比亞不是個反猶的人。

坐在威尼斯猶太區，遙想歷史當年，很難。旅人心境如光點水，難以沈入歷史的黑暗。

只能說，猶太區大概是威尼斯最素淡冷淸的地區。

9

在一座運河橋邊館子晚餐，幾乎滿座，幸而還有一張靠牆的桌子給我們。臨窗角落上一張兩人小桌的客人換了三次，都是年輕漂亮相視笑談的情侶，像電影畫面。菜色普通，但葡萄酒好，光潔微酸的滋味。館子裡人聲嘈雜，弓多拉獨木舟滑過窗外。景象如夢，卻是眞的。很清楚自己在扮演觀光客，看其他觀光客圓他們的威尼斯之夢，這美景裡帶了點悲哀。

晚餐後漫步過夜色裡的水城，燈影槳聲，迷離詩意，威尼斯忽然活過來了。我們也是。

到碼頭搭渡船回麗多島的旅館——麗多便是湯瑪斯．曼小說《魂斷威尼斯》的背景。小旅館清幽舒適，房間附帶浴廁，小而乾淨。房間貼了壁紙（不管在義大利哪個城市，住的旅館房間一律貼壁紙，倒是意外），白底紫藍和黃色小花，我這討厭壁紙尤其是小花小草圖樣的人居然不嫌。浴室四牆深綠瓷磚，潔亮微帶尿騷味。每早在前院早餐（陰雨時便在室內餐廳），是一天最愉快的時刻。空氣清涼，飄著咖啡香和鳥雀吱喳聲，白衣侍者端了咖啡壺走來走去。慢慢吃，閒聊，看別桌客人，看小鳥在一旁地上和客人離去的桌上啄食，看院裡的花草樹木。院子外經常有摩托車和三輪小汽車的馬達聲，有種在台灣的錯覺。到碼頭路上，經過窄窄的街道，沿街幾層樓高的公寓建築，鐵柵門，一樓小店，如大溝的小運河，車輛轟轟來去，婦女提著籃子去買菜。恍惚是在台灣，回到家了，可以無事閒蕩，而不必奔來奔去做觀光客。

誰能不喜歡威尼斯？但總覺底下有個「可是」。原籍俄國的美國詩人布洛斯基年年冬季到威尼斯，因爲他本性屬水屬冷。我們在水城三天，比驚鴻一瞥長，比日夜浸淫短，免不了擦肩而過的感覺。離開後也沒心心念念要再回去，不像有些地方不絕召喚縈繞心頭。

然而這麼多年來，或者在記憶裡，或者在書籍和電影裡，威尼斯還是誘人，將我吸進去，不絕迷走窄巷上下拱橋，尋找那個似乎沒看見的城市。

那時我們在西班牙

農屋沒有網路連結，手機也不通。彷如山中無曆日，也就順理成章進入了安達魯西亞時間。這不是剁得碎碎的現代時間，不是碎成齏粉的美國時間，而是大片大塊的，像布店裡抖開成疋成疋的布料，書店裡滿架滿牆攤開的書。肥沃，廣闊，充滿了可能。

那時我們在西班牙，住在橄欖園間的農屋，每天在陽台上早餐。

農屋是房東狄蘿拉絲舊家，她便是在這屋裡長大的。外牆上了典型白漆，地板鋪了棕色陶磚，小客廳連小廚房，三間臥房，一間浴室。不大，也不小，該有的都有（每間臥房牆上都少不了耶穌或聖母馬利亞畫像），鄉間風味，樸拙舒適。

小廚房一應俱全，連中式茶壺都有一隻，獨獨找不到砧板。有一套大中小三隻的沙漏形鋁製義大利咖啡壺，B每天早上用中號那隻泡 Lavazza 咖啡（狄蘿拉絲給我們預備的，還有一大塊西班牙蛋餅和一小鍋火腿湯），配很醇的全脂牛奶。那段假期的感覺，似乎便從那第一杯咖啡開始，而不是降落麻六甲機場前，由空中看見氤氳藍的地中海。

竟然已經是兩年前的事了。

二〇一四年夏，我們在西班牙南部的安達魯西亞度假。在鄉下山上租了一棟農屋，和一頭山豬一條狗兩匹馬一座山無數橄欖園做朋友，過了個最清閒的假期。

那兩週幾乎大半在農屋，也就是在陽台上度過。第一個早餐，B遞給我的第一杯咖啡在陽台上。只要沒出去玩，一日三餐，絕多時間，都在陽台上。

那第一杯咖啡驚人的香，比在家裡泡得還香。立時身心裡面什麼東西鬆散了，生命輕盈輕巧，絕非昆德拉「不可承受的輕」，而是「不可或缺的輕」。

那時，早晨九點前後，推開農屋厚簾和厚重木門到陽台上，陽光已經明亮耀眼，空氣清新。放眼是一座又一座圓圓的橄欖園山丘，背後聳出三個灰灰藍藍的山尖，尖上是無雲的藍天。

眞好，眼睛說。眞好，心裡說。

不是了不起的高山，但足以相看兩不厭——暫時這景致是我們的。

李白有敬亭山，我們有雞山。

許多東西讓我想起西班牙。

每早用的沙漏形鋁製義大利咖啡壺，黃昏到後山散步時的天光景色。

南加景觀有點類似安達魯西亞（和托斯卡尼），因此無事無端，我也會想起西班牙（和義大利）。

我想起那長長的早餐，看天看山看書的時刻。不然到橄欖園裡閒逛，看那排列整齊的橄欖樹。矮小，枝幹扭曲，細小的葉子，一棵棵，一排排。樹底稀稀疏疏長了草，特別高䠷迎風擺動的，是白色傘形的野胡蘿蔔花，俗名安皇后的蕾絲，美國野外也常見。這花在陽光下張開大傘，早晚或陰晦時便收攏如碗。在橄欖樹蔭裡星星點點白色搖曳，仿如在說往事遙遠無法挽回。我不斷照那星點搖曳，想要照出那隱約的惆悵。

許多景觀，都觸發類似感覺。整個古老歐洲，那陳舊香醇的部分，凋殘破爛的部分，以及嶄新耀眼刺目的部分，並肩而立，比鄰而居，互相傾軋衝撞，在在給人失落迷惘的感觸。尤其在安達魯西亞。

在農屋陽台，可以拿八個字概括：悠哉遊哉，自在逍遙。

林宜澐歌頌家鄉花蓮的《東海岸減肥報告書》裡有一篇〈在陽台〉，寫在陽台上的感覺：「空間很大，心開朗，很自在。」

確實。開朗，自在，就是那感覺。

林宜澐把花蓮寫得非常動人，看完就不必嚮往羅馬或巴黎了。你看一句「這裡有海洋，有藍藍的天，還有許多隨時可以無所事事的人」，多讓人心動。我生平最大夢想似乎便是無所事事，林宜澐讓我想要搬到花蓮去，加入那無所事事的行列。

農屋沒有網路連結，手機也不通。彷如山中無曆日，也就順理成章進入了安達魯西亞時間。這不是剁得碎碎的現代時間，不是碎成齏粉的美國時間，而是大片大塊的，像布店裡抖開成疋成疋的布料，書店裡滿架滿牆攤開的書。肥沃，廣闊，充滿了可能。西班牙人兩點以後午餐，之後是名正言順的午休，商店過了五點才再開門，晚餐則要到八點以後。

步調慢了，幾乎靜止不動，我們可以安然做自己。

在農屋，家常小事都帶了樂趣。

清晨搓洗晾曬幾件小衣物，有陽光新鮮空氣，還有風景。

做菜三人一起來，輕鬆愉快。晚上近八點天色還亮（十點才天黑），我一聲呼喝「做晚餐啦！」，將友箏喚離電腦，進入小廚房。三人分工合作，友箏愛吃麵主管煮義大利麵條，我管沙拉或炒菜，肉類讓B負責。在小廚房並肩作戰或打架（一次B和友箏便鬧得口出髒話），半個鐘頭後端到陽台上，有葷有素，簡單可口，配西班牙葡萄酒（價格驚人低廉味道也不差），邊吃邊看夕陽，整片天空山色就為我們演出，極盡豪華，任何餐館都比不上。

後來比較早起，第一件事先和B（友箏還在沈睡）沿起伏的泥巴車路散步，這時空氣涼需要加衣。有時晚餐後趁昏黃天色，三人沿泥巴車路走得更遠些，去和兩匹馬打招呼，然後走上那個十八度的坡（路標說的），B不留心的話手排檔租車便會在這裡熄火，發生過幾次。遙望卡卡布威村的燈光，看細細的弦月升到半空，再踏昏黑的路回家。收拾盤子進屋，友箏洗碗，我們在小客廳混混便進臥房看點書熄燈睡了。

關燈後墨黑一片，除了偶爾狗叫，彷彿渾沌初開以前的死寂（不像紐澤西郊區夏夜蟲聲大噪。可是B說熄燈不久他聽見過蟲鳴）。起初我鬧時差許多晚躺上好久才睡著，只聽見過也許來自另一山頭人家的狗叫。一晚好幾頭狗此起彼落唱山歌似的吠了好一陣，才再度回到那礦岩似的寂靜。過了不知多久，我竟然睡著了。

到了第三天才意識到，要的東西就在這裡：天地、陽光、空氣、時間。除了漂浮在此時此地，沒必要東奔西跑，到這裡那裡去觀什麼不看也罷的光。

還有什麼更好的安排呢？

於是就理直氣壯在農屋閒著，直到實在得出門去做盡職的觀光客。

許多年前遊威尼斯，住在麗多島（湯瑪斯・曼小說《魂斷威尼斯》的背景），每天上班似的搭渡船去遊城，晚上再搭渡船回來。一天決定蹺班不去威尼斯，留在旅館看書，逛麗多海灘和也有小運河的街道，看島上平實建築和住家風光，從容愉快。晚餐時間走過街道，聽見公寓裡的刀叉話語聲，聞見食物香味，忽然有了度假的感覺。

怎麼可能呢？麗多怎麼比得上威尼斯，尤其去義大利首先爲的是看威尼斯？

只因，威尼斯是褪色的豪華舞台，而雄壯華美的事物總有點令人疑心或反感的地方。相對麗多是實在人間，比較眞，比較親，屬於平凡你我。

現在想起，仍然覺得麗多那寫意的一天比在威尼斯更快意難忘。

諷刺的是，但凡在電影裡面看見威尼斯，我便有如見親人的溫馨。別問我爲什麼。

威尼斯是許多年前遊義大利的一站。我們飛到米蘭，在機場租車，開到威尼斯，然後南下托斯卡尼，遊了佛羅倫斯、弗耶若雷、西亞那、聖・吉米尼亞諾，最後回到米蘭。是第一次到義大利，無限新奇，覺得有許多可寫，下筆卻發現不過是一堆典型觀光客所見，旅遊指南的貨色。我不要寫旅遊指南，也不要寫報導文學。

到安達魯西亞也一樣。初來乍到，形形色色裝了滿眼滿腹。事後化成文字，卻只覺乏味不堪。唯獨有點不同：我們實在喜歡安達魯西亞，幾乎超出任何遊過的地方，包括新墨西哥（有趣的是，安達魯西亞有些景觀簡直就是新墨西哥）。

回到家後我急切想要記下安達魯西亞，一試再試，發現其實只想重現農屋種種，以最素樸的流水賬方式記述在那裡的尋常瑣碎——旅遊指南找不到的東西。早餐，午餐，晚餐。到橄欖園裡遊逛，看房東的菜園，游泳曬太陽（陽台下去有個小游泳池，只有B用），或者只是在陽台上看書，對山對橄欖園發呆，和精靈的小狗米卡玩，拿剩菜去餵山豬（是狄蘿拉絲從小拿奶瓶餵大的），看牠悠閒斯文的飲食風度。有種回到童年心境的感覺，無知無邪無重。陽光白亮，惱人的蒼蠅在身邊嗡嗡飛舞，午後昏昏欲睡。B果然上床午睡去了，友箏在房間玩電腦，我在陽台邊上陰涼處看書。

一個經常旅遊的朋友聽我們頌讚農屋，搖頭：「那農屋對我有什麼用？」他需要城市，需要景點，需要大量的啤酒，否則會淡出鳥來。

我們想起農屋的豬、狗、馬，環繞的橄欖園，面對的山，不覺微笑。

西班牙：出鬥牛和佛朗哥音樂舞蹈的地方，出小說家塞萬提斯、畫家達利、畢卡索、詩人羅卡、建築師高第的地方。二次大戰期間左右兩派內戰，激發了國際一批熱情理想的年輕人（譬如歐威爾、海明威）去參戰，結果法西斯派的佛朗哥贏了，羅卡在格拉納達爲法西斯分子槍殺。歐威爾後來寫成回憶錄《向加泰隆尼亞致敬》，海明威的經歷則化成了長篇《戰地鐘聲》。

農屋幾乎位在安達魯西亞地理圓心，到任何名城，譬如往南到格拉納達，往西到塞維亞，往北到科多巴，幾乎都差不多里程。小城卡卡布威十分鐘車程可到，狄蘿拉絲和先生便住在那裡。稍遠二十分鐘車程是古城普瑞格，我們買菜上館子的地方。便是在那裡，我們吃到最好吃的海鮮飯和烤烏賊，買到最香的無糖杏仁餅，也是在那裡，第一次走進摩爾區窄如永和巷弄的白牆街道，看見牆上掛了許多熱鬧漂亮的大紅天竺葵盆栽。

有時離開農屋出去遠征。

印象：橄欖樹向日葵和夾竹桃，宮殿城堡教堂，還有古典廢墟和現代風車。

車一上路，風景就迎面馳來。公路兩旁黃色高草，有時是大片金色田野，尤其是從塞維亞到科多巴一帶，不知是不是小麥。到處圓圓的小山頭，坡上必橄欖樹排列整齊，露出底下鹽巴似的白土（遠看似雪），不然是紅土。有的橄欖園簡直就闢到山頂，岩骨裸露的地方。我凝視那堅硬的花崗岩，不敢想像在那裡開墾的艱辛。

一簇又一簇的白色城鎮，一座又一座的堡壘。

似乎每座小山頭總有座守望塔或城堡矗立，有的完好，有的朽壞，像老兵在訴說歷史。

西班牙歷史極複雜，大概勝過歐洲任何國家。

地處西歐邊緣，鄰近北非，數千年來眾多種族文化過境，打打殺殺你死我活，殺不死的就龍蛇交混成了新品種。腓尼基人來過，迦賽基人來過，希臘人來過，羅馬人來過，哥德人來過。還有不用說，歷史古老無處是家的猶太人在這裡不知住了多少年，因此城鎮經常可見猶太區。

然後，簡直是不可能的事，西元八世紀初從非洲來了巴柏人（源自拉丁文，意指野蠻人，俗稱摩爾人），一下子征服了當時的基督教政權，從此伊斯蘭教文明取代基督教文明，有一千年之久。之後經過幾次十字軍東征，終於又回到基督徒手裡。是這段伊斯蘭教統治給西班牙文化輸入新血，增添了異族風味，影響深遠，留下無數文化印記，尤其是最後才收復的安達魯西亞更處處可見，所以有許多典雅華麗的皇宮花園和神祕優美的清眞寺，大城小鎭常有白屋白街可供流連的摩爾區。

也許你有過面對什麼偉大藝術或古蹟，而卻乾巴巴榨不出任何感覺的經驗。美國年輕詩人作家班．樂乃爾（Ben Lerner）以小說《離開阿托沙車站》（*Leaving the Atocha Station*）一下成名，讓已有點風頭的「非小說小說」熱潮更憑添聲勢。故事背景剛好在西班牙，裡面寫到，敍述者「我」在美術館名作前，常疑心自己是不是有過任何「眞正的」藝術體驗。樂乃爾說的，其實正像大多遊人的經驗。我便常那樣，置身名勝而卻無動於衷，再努力都擠不出一滴感動的汁水。反倒是意外撞見，無名無姓無甚可觀的小角落，卻忽而點亮了身心，整個人振奮起來。

毛姆教人旅行時丟掉旅遊指南，隨興遊走更有樂趣。我完全同意，旅行當中便有許多這類經驗。在塞維亞時，B捧了我們那本厚重的《DK西班牙旅遊指南》，一路走一路念有什麼景點可看，煩得我簡直要把書奪過來扔了。話說回來：我到處不停照相一樣可憎（有時眞厭到骨裡），應該把相機收起來的（扔了辦不到）。只是，哎，說得容易。

你看，走不了兩步，又發現了什麼非照不可的景象十萬火急掏相機（即使這樣還是經常錯過那絕無僅有的剎那）。

太多東西招引我的相機。譬如，殘牆破屋，還有是，人，幾乎任何人。旅行時我的腦袋基本上就是架相機，只是沒法印出來給你看，只好靠寫的。

開車途中總會看見廢棄農屋。有的完全敗落朽塌，除了歸於塵土已經無話可說。有的架構還在，只是破破爛爛，露出一種仿似幽怨的表情。記得有棟半朽半塌，門窗歪斜，竟有種東方鬼片的陰森氣。這些各式廢屋，格於難以不斷停車或掉頭，只照了兩棟。一棟看來完好如新，門窗都在，除帶了種寂寞意味不像廢屋。另一棟便大半倒塌，真的是斷壁殘垣了。

在義大利時，從米蘭往托斯卡尼開車途中，也不斷看見廢棄農屋，癱在田野中，正如我們在紐澤西郊區所見。小農放棄農耕改行，顯然不止美國。

到容達和塞維亞沿途，常見大片大片的向日葵田（倒是難得見到玉米田），比在托斯卡尼看見的還大片。有一兩處我叫停車，下去照相。左右都是向日葵田，左邊每朵向日葵好像一張張臉睜著大眼望人，轉身右手邊的向日葵都低頭背對，我忽而錯愕：「怎麼搞的，這些傢伙都轉錯了方向？」再想不禁笑起來。根本要轉向哪裡這些花知道得清清楚楚，糊塗的是愚人在下我。

葵花田很上相（尤其是剛好陽光篩過朵朵白雲），和摩爾區的白牆狹巷，或是白色城鎮的房屋圖案一樣，我忍不住照了很多，遠超過華麗的教堂和宮殿。

所以是的，無可避免，看了一些非看不可不然會後悔的名勝，譬如格拉納達城外，據說遊人世界第一的摩爾式宮殿阿爾罕布拉（Alhambra）。也看了塞維亞的艾爾克扎宮（Alcazar）和科多巴的清眞寺。我可以三兩句總結。

阿爾罕布拉：不是不精美，只是伊斯蘭花草圖案書法密密麻麻到讓人發瘋，想逃（這些帝王和藝術家都患了恐白牆症，我絕不能住這裡！），而且人擠人掃興。

艾爾克扎：只看了花園和一小部分宮殿，遊人較少，愉快多了。

科多巴清眞寺：愛那樸實幽深的空間，如林的大理石柱。値得値得！

出門觀光幾天回到農屋，感覺回到家了。

一天早晨起來，窗外一片灰白。到陽台一看，雲氣霧住山頭，灰茫茫一片。我進屋拿了相機，和B去做例行的清晨散步。在這裡一個多星期了，天天大晴，只有那天早晨灰雲滿天。一路上坡，雲氣漸漸蒸散。我照了遠方的雲霧山頭和左近丘陵，還有路邊長了草的引水渠。司徒爾特的《輾過檸檬》(*Driving Over Lemons: An Optimist in Andalucia*)裡提到引水渠，我特別喜歡〈走水〉那篇，寫他和朋友清除堵塞水渠的雜草，然後他走到上游跟水往下走，一路傾聽暢通的水流聲。

《輾過檸檬》我很多年前看過，也許就是這本書吸引我到安達魯西亞來，這次特地帶來重看。巧的是，在友箏睡的房間架上發現了新版《輾過檸檬》和續集。《輾過檸檬》有點類似彼得．梅爾的《山居歲月》和梅耶思的《托斯卡尼豔陽下》，不同在，梅爾和梅耶思是帶了錢去營造樂園過好日子，司徒爾特夫妻是去墾荒。兩人拿僅有存款低價在山上買了棟破農屋，咬牙跳進沒水沒電沒路沒橋的生活，胼手胝足有如開天闢地。他們幹勁十足，不以爲苦，許多人都覺得他們夫妻簡直瘋了。書的副題「一個樂天者在安達魯西亞」，毫不誇張。我們不時夢想另一種生活，但絕沒有他們的膽量，也沒有那個力氣，只能衷心讚歎。

書中充滿了英國幽默，看到趣處我就念給B聽，或者乾脆把書遞過去。最後他丟下手中小說，拿起了農屋那本《輾過檸檬》。最後我們各據一本同時並進（惱人的是他快得多），不斷大笑。離開農屋時，我拿了新版的《輾過檸檬》，留下自己的。

芭芭拉．哈里森（Barbara Grizzuti Harrison）《義大利日子》（*Italian Days*）裡寫：「一個人可能在羅馬三星期就覺得看遍厭倦了；過了三個月覺得根本沒刮到皮毛；六個月後完全不想走了。」

歌德年老時感嘆他一輩子只有四週好日子，就是他在羅馬那段時間。

安達魯西亞也有這樣持久魅力嗎？

佈滿橄欖樹的山丘，遠近的白色城市，天主教堂清眞寺，伊斯蘭教宮殿花園，羅馬高架引水渠道和廢墟，山頭的瞭望塔，大片大片的向日葵田，古老糾纏的歷史，金黃田野，蔚藍海岸……以及，我們那棟橄欖園間的小農屋。

一定的。我毫不懷疑。

安達魯西亞的橄欖樹是希臘人引進的，後來經摩爾人教導改進栽種技術。一天到附近小鎮卡布拉去玩，想去路標上的橄欖博物館，可是看似簡單的街道還是讓我們迷路了，沒看成，隨意逛逛看看小鎮生活風光，也是有趣。我到一家果菜行去買瓶裝水，女店員滿面笑容說不賣水，指點過街另一家店有賣。

農屋的橄欖樹結滿了淡綠橄欖。

橄欖冬季採收，在樹底鋪開網子，用機器震動枝幹搖落橄欖收集（不能震太厲害不然傷到樹）。通常送到合作社油坊，不同園子的橄欖混在一起榨。據說這一帶的橄欖油好，世界頂尖的等級，上好餐館喜歡用。

走前一天，狄蘿拉絲送了兩瓶自榨的初榨橄欖油，淡綠油裝在瘦長玻璃瓶裡，教我們用衣服包好放進行李箱中。B感動得給她一個「熊抱」。

橄欖木堅實，紋理繁複，我有一小塊橄欖木砧板，看著漂亮，掛起來當裝飾。

年輕時代喜歡〈橄欖樹〉，三毛作詞，李泰祥作曲，齊豫原唱。「不要問我從哪裡來，我的故鄉在遠方……」高亢嘹亮的歌聲穿山越海，唱出了對流浪遠方的嚮往。在那個倜促島嶼的年紀，覺得那份嚮往也是自己的，彷彿也莫名其妙地嚮往橄欖樹。

等真到了西班牙，日日面對滿山遍野的橄欖樹，一次都沒想到那首歌。

倒是B夢想冬季再來，幫狄蘿拉絲一家採收橄欖。

從西班牙回到紐澤西家，信件裡有零雨寄來的新詩集《田園／下午五點四十九分》。慢慢看，一天讀個幾首。在〈從頭城到雙溪〉裡撞見這句：「岩石柔軟／準備變成粉紅色。」即刻喚回雞山黃昏景色。

幾乎每天黃昏，八九點時候，在農屋陽台面對雞山晚餐，看日落西斜，等候光線變橘變黃變粉紅，然後看那三個粉紅山尖，我們重複宛如禱詞的讚歎：「啊！」

第一次看見滿天那樣溫柔的粉紅，在新墨西哥北方一片叫比斯提惡地的小沙漠，我們在裡面已經走了幾個鐘頭，太陽低懸地平線，就要黑了，天色不斷在變，打在雕塑似的岩石上，漸漸整片天空柔下來，轉成淡淡一層粉紅。我從不喜歡粉紅，但那輕淺粉紅天光不但可以接受，而且讓人沈醉。

現在，南加的黃昏山頭也時有那粉紅粉紫，然畢竟不是安達魯西亞。

早晚面山，友箏這「寧做盆栽不做動物」的懶人竟說很想去爬，B也有同感，兩人各自相中了一個山尖。第二週一個下午，七點過後，太陽開始西斜，熱度降低，B說：「走，爬山去！」於是我們帶了點餅乾核果和飲水，從農屋出發穿過橄欖林去爬山。小狗米卡興奮領路，遠遠跑在前面，經常不見影蹤，我照例一路照相墊後。

果不其然，路比想像中長，比想像中難。我們不斷上坡下坡，跳過幾道乾涸的引水渠，最後踏石跨過一條小溪穿過一條公路，再入橄欖林找路徑往上。走得腿酸氣喘吁吁，好像沒有盡頭。土坡細石滑溜，我好幾次差點摔跤，幸好友箏緊跟在旁伸手扶一把。終於到了上頭，竟是一條足以行車的寬大泥路，表示根本可以開車上來的。金光斜照，一邊是眞正近在咫尺但沒時間上去的尖頂，一邊是重重深綠橄欖林矮丘背後層層綿延的藍灰山脈。近樹，遠山，藍天，黃土路，一棟白色農屋，小小米卡翹了尾巴的白色身影逕自遙遙在前。忽見友箏蹲在地上，細心拔除米卡身上沾的蒺藜。從沒見他那麼體貼過，趕緊攝下來。

餘光大概不到一小時，匆匆下山，到農屋時幾乎全黑了。

西班牙行前，友箏不斷放搖滾樂團 The Doors 的歌〈西班牙篷車隊〉，一開始先是長長一段西班牙風格吉他熱烈奔行而過，然後主唱吉姆・莫里森如煙的歌聲幽幽吟唱：「帶我，篷車隊／帶我離開／帶我到葡萄牙／帶我到西班牙／安達魯西亞／田野金黃／我必須再見到你／一次又一次……」很抒情，很單純，很美。

我原嫌它太天眞，沒開展出去（正宗的佛朗明哥音樂多麼激烈奔放！），單是停留在憧憬一層，重複又重複。從西班牙回到家後不嫌了，那充滿嚮往的曲調如風吹過金黃田野，帶我回到安達魯西亞。我讓友箏再放來聽，一次又一次。

毛姆二十幾歲時在安達魯西亞住了一年多，愛上了那裡。後來在陰雨灰暗的倫敦追憶那裡的陽光色彩音樂人物和一座又一座的白色城鎮，「心中忽而燦爛充滿陽光」，「是在那裡才發現了自己的青春。」

這時在南加春季一段陰雨清涼的日子裡，追憶那時我們在西班牙，有如毛姆，或是在迪巴札的卡繆，心中忽而燦爛充滿陽光。然零散寫來，似乎並沒寫出那份光燦。

倒是安達魯西亞不斷召喚：什麼時候再去西班牙？

只因剛好那時在那裡：小談攝影

曾寫過一篇探討攝影的文字，論到攝影凝凍時間，如「截生命於中流」。許多年後，對攝影這個特質還是覺得玄，也許更玄。因為年歲越長越加體會一切匆匆，生命永恆流逝時間無論如何沒法凝凍的決絕。從這個惆悵的角度，攝影快門咔嚓一響宛如巨靈大掌憑空攫取了片刻風影，就像文字捕捉了我們內在瞬間的感情思維呈現紙上，是多麼不可思議的事。只是習以為常，那神妙失去魔力，沒人記得那個奇蹟了。

1

現在是什麼？片刻是什麼？

也許你毫無懷疑，因爲就在眼前，像這一刻，晨光透過百葉窗傾入室內，斜斜的光線，長長的陰影，你一杯茶或咖啡在手，看著，看著。也許你意識到眼睛所見，也許無心。無論如何，你置身這一刻裡，隨它漂流，如時間長流裡的一粒浮沫。

我經常由意識掉到無意識，又從無心進到有心，忽然驚覺自己所在片刻的移動，觸到時間的本質：時間即瞬間，無數瞬間連綴而成永恆；以及：瞬間無法把握。

2

一次又一次，不管是在街頭，在野外，在咖啡館，在城市廣場，每當我見到人群間有什麼值得攝取的鏡頭，手忙腳亂取出相機對準，卻總是太遲，那驚鴻一現的片刻已經過去。不然是慌忙中相機動了，影像一片模糊（幸好有時這反而憑添趣味）。

也因此我不時回顧書架上的名家攝影集，研究那些攝影大師如何在倉促的頃刻捕捉到生命剎那的動態，而且構圖曝光幾近完美。他們是怎麼做到的？

因爲從大腦意識到眼前景象值得拍攝到採取行動，中間必須經過好幾道遲延：

決定值得拍攝——從目視到意識，第一個遲延；

決定拍攝——從意識到決定，第二個遲延；

拿起相機——從決定到行動，第三個遲延；

聚焦構圖——行動所需時間，第四個遲延。

怎麼在那種種遲延之間迅即捕捉而不錯過那正在發生的一剎那？難以想像！即使彷如不動的山水草木，雲移影動光線明暗也恆常在變。所以莫內的稻草垛可以畫上許多遍而不重複，所以我黃昏後山散步總不斷攝取昨天才看過，其實雲形和光色未盡相同的晚霞（足夠出本小攝影集，都是同一角度同樣時刻同一景象）。

攝影不像繪畫或雕塑，可以先行素描，然後在畫室從容完成。攝影是當下的藝術，儘管也有暗房技巧，但大體上一幀攝影的決定性元素都必須在事件發生瞬間捕捉到，否則就一去不返了——我有太多錯過時機的經驗。而相機一按可以停格，強制生命停駐，凍結有如化石。

曾寫過一篇探討攝影的文字，論到攝影凝凍時間，如「截生命於中流」。許多年後，對攝影這個特質還是覺得玄，也許更玄。因爲年歲越長越加體會一切匆匆，生命永恆流逝時間無論如何沒法凝凍的決絕。從這個惆悵的角度，攝影快門咔嚓一響宛如巨靈大掌憑空攫取了片刻風影，就像文字捕捉了我們內在瞬間的感情思維呈現紙上，是多麼不可思議的事。只是習以爲常，那神妙失去魔力，沒人記得那個奇蹟了。

3

有趣的是，有本書名叫《持續行進的瞬間》（編按：*The Ongoing Moment*，麥田出版譯作《持續進行的瞬間》），是英國作家傑夫．代爾探討攝影的書。

他這「瞬間持續行進」（我覺得「行進」比「進行」更具動感，當然這挑剔有點無聊）的說法很妙，疊置了兩個相互矛盾的概念：瞬間和持續。由定義來看，瞬間便是倏忽即逝，不可能持續的，有如攔腰斬過，截取橫斷面。偏偏代爾讓這個稍縱即逝的東西持續行進，將點延長成線，顛覆了原有形象，意味深長許多值得把玩。

像代爾典型的論述，這書帶了他獨樹一幟的趣味。他是個不照相的人，連相機都沒有，偏要煞有介事來談攝影——外行人做內行人事，正是代爾最喜歡的鮮事，也是多年來他給自己建立的商標。他總能從出其不意的角度（因爲不懂所以有許多可以挖掘），把一件普通不過的事寫得新鮮又且深刻（因爲既懶又容易厭煩又愛做難事的矛盾性格）。在這書裡，他經由精研幾位歐美攝影大師作品的構圖和主題等，深入探索攝影的藝術和內涵。我每隨意翻開，總能找到引人的精采段落。第一章開篇引用波赫士引用某中文古百科全書（永樂大典？還是虛構？）就什麼是動物的囊括式（或趕盡殺絕）定義法，荒誕至極（鐵定是虛構），立刻讓我大笑出聲急急潛進去。

4

現代幾乎人人隨時在照相，但有多少値得一看，更何況再看？好的攝影不同：鮮活，耐看，持久。我不斷自問：那不同究竟在哪裡？我喜歡照相，經常在照，但多少張裡才有一張是「活的」，具備了某種不可言說的東西，彷彿內中有物呼之欲出？

或許好的攝影者（未必是職業攝影家）不同之處，在拍照當下的心智狀況：追求一個飄忽的意念，儘管未必清楚那意念是什麼。大多人拍照就爲了攝影留念，近似眨眼搔癢的反射動作，除了「到此一遊」或「這時如此這般」以外，並不企圖表現「超出這最起碼以外」的東西。是攝影者那靈敏如地震儀，內心倏然一動的纖微感受，劃分出好壞。好的攝影攫取了剎那的生命本身，天機乍現的瞬間片刻——這只能感受，無法言說。

我曾站在安娜堡人行道上照石磚裂痕，曾在威尼斯照腐朽殘破的石牆鏽窗，曾在散步後山途中照路邊一張廢棄的包裝紙。並非說這樣做有什麼高明，而是說沒法解釋爲什麼有些景象讓我倏然心動，想要捕捉保留，甚至傳遞分享。然十之八九，照出來的只是一幅死得不能再死的死景，那內在神奇無跡可尋，連自己都不解當時何以倏然心動。

5

美國攝影家羅伯特．亞當斯在談專業攝影家一文裡談到，有時攝影家面對眼前景象而湧出淚水：「我想是因爲他們知道看見了奇蹟。」對他們而言，那景象從天而降，像飛來的禮物，是上天的恩賜。

這我完全可以理解，只因攝影對象完全可遇不可求。亞當斯引另一攝影家的話：「聰明不如運氣。」寫他自己有時裝備齊全出去找攝影題材一無所獲，回到家卻一下子用完了一筒膠捲。攝影仰賴時機，天地人三要素缺一不可。時機便等於奇蹟，當你乍然撞見，你知道那是老天賜予，上蒼的餽贈，你的驚喜帶了感激。偶爾我有那樣經驗：只因剛好那時在那裡。

輯三

手記

雨天書

看書再多所記無幾，幸好在文字裡留下蛛絲馬跡。寫作因此類似轉移記憶存放地點，相當於腦袋暗房出清陳貨，之後才放膽從腦中刪除，未來要再調閱檔案只有書中去尋了。

0

去年冬多雨，幾乎整個二月都在刮風下雨，又冷（以加州標準），感覺像回到冬雨的台北。到了三月也沒大改善，照樣陰雨不停，彷彿日日雨霧迷離，下得人消沈起來。（腦後另一聲音斥責：不知好歹，感謝甘霖還來不及談什麼消沈！）

「下雨天，讀書天」，其實正好一書在手，遁入文字世界。客廳小几上兩疊書，有圖書館借的，有自家書架請下來的，還有不時新買的英文電子書，不愁沒書可看。幸好有書這樣寶物，讓人可以沈浸其中神遊物外，有了什麼感觸過後還可以寫下來，不然情緒掉到谷底時怎麼辦？

1

風雨蒼茫，雨天看書滋味大不同，感慨特別多，也特別深。

舊詩詞裡多風雨，只不過很久沒摸，張口欲吟一句都沒，只有零落片段：「少年聽雨……壯年聽雨客舟中……」其餘逼不出來。上網搜索，原來是蔣捷的詞〈虞美人，聽雨〉：「少年聽雨歌樓上，紅燭昏羅帳。壯年聽雨客舟中，江闊雲低，斷雁叫西風。而今聽雨僧廬下，鬢已星星也。悲歡離合總無情，一任階前點滴到天明。」

年輕時喜歡，背了下來。這時重溫，立刻意識到寫的是男子的世界：歌樓、客舟、僧廬，不是尋常女子的去處。當年沒留心，只見時間流逝的傷感。在那年紀，傷感便是好，詩詞裡正充滿了美麗的悲愁。

2

似乎相當早便開始知覺時光飛逝，筆下總不免圍繞時間驚悸旋轉，或許是從詩詞裡學來的情懷而不自知。然無論男女，時間巨輪一視同仁輾過，青春不再年華老去心境是一樣的。這時已近聽雨僧廬的年紀，還是最喜歡壯年聽雨兩句。江闊雲低這意象詩詞裡常見，簡單四字，沒有動詞，卻寫活了江上風雨欲來的景象，詞短而意長。

洪範版楊牧編的《周作人選集》裡剛巧有好些篇談雨，但不是多愁善感的雨。幾年前隨意翻閱這兩冊選集，發現根本不是溫吞空洞的美文（我原先對小品文的偏見），而是充滿譏刺鋒芒有時甚至痛快罵人的敘事或議論，越看越有勁，斷斷續續竟然看完了。這時雨聲淅瀝中想到，便又將兩書請下書架靠在紅沙發上，看周老先生有什麼妙語。

〈半春〉裡立刻撞見讓人一愣的句子：「中國多數的讀書人幾乎都是色情狂的，差不多看見女字便會眼角挂落，現出獸相，這正是講道學自然的結果，沒有什麼奇怪。」好生嚴厲，讓我想到《聊齋志異》裡那些窩囊的窮書生，尤其是〈俠女〉裡那相對俠女的果敢明快格外畏縮無能的書生，進而想到徐楓石雋主演胡金銓導演的改編電影。跑得太遠了，趕緊打住。其實接下去，周作人不過是從春畫嘲笑中國人審美觀的假道學和病態而已。

〈中年〉裡提到：「日本兼好法師曾說：『即使長命，在四十歲以內死了最爲得體。』」進而從孔子「四十而不惑」的說法談到他一個朋友的話：「人到了四十歲便可以槍斃。」眞是出語駭人，原來背後邏輯在：「兩樣相反的話，實在原是盾的兩面。合而言之，若曰，四十可以不惑，也可以不不惑，那麼，那時就是槍斃了也不足惜云爾。」「四十而不惑」這話我每見就刺眼，覺得孔老夫子未免太過自鳴得意。周作人說「四十也可以不不惑」，以子之矛攻子之盾，恰恰打中要害。放眼古今，我從不相信有人能做到不惑，更何況才差堪懂事的區區四十。

不過從今人動不動就活到七十、八十，九十、一百也不再稀罕的角度來看，說人到四十就可以槍斃實在太過霸道，起碼也得超過七十，恐怕八十還算勉強。眞要說，哪個年紀可算過期的廢棄品，好比日本舊片《楢山節考》裡等候拋棄山中的老人？

無論如何，過了某個年紀不免有時惶然自問：每天下床上床吃喝拉撒無所事事，難道不是如孔子所說「尸位素餐」？然多老是太老？誰來決定？有人八、九十歲仍腳步輕快，有人卻歪歪倒倒像摔壞的玩具。英國作家葛林的長篇《和阿姨旅行》（*Travels with My Aunt*）裡的阿姨說：「老？她才比我大十二歲！」指的是她才過世的姊姊，差一點就八十六歲。不過人再怎樣保養維修，畢竟難逃落得一堆破銅爛鐵，最後時間大神總是贏。所以美國作家娥蘇拉・勒瑰恩晚年意味深長寫：「老年遲早會到的。」她死時八十八歲，知道老的滋味。

〈草木蟲魚之三：兩株樹〉開篇寫：「我對於植物比動物還要喜歡，原因是因爲我懶，不高興爲了區區視聽之娛一日三餐地去飼養照顧……」接下來談喜歡草木，不見得要自己種在家裡關門獨賞：「在野外路旁，或是在人家粉牆之內也不妨，只要我偶然經過時能夠看上兩三眼，也就覺得欣然……」我馬上想起永和窄巷探出圍牆的花木。

樹木裡他第一喜歡的是白楊，我也有同感。這樹長得纖秀，細長白色枝幹，不大不小的心形葉，林相雅致。我們許多年前遊新墨西哥州時第一次見到，立刻喜歡，搬到南加後在內華達一座高山湖畔發現竟有一簇白楊，陽光下淡綠葉片深淺有致，趕緊照了幾張。

白楊的特別在些微點風便如亮片燦動不已，歷歷有聲，好似無風自動，所以古詩說：「白楊多悲風，蕭蕭愁殺人。」秋來葉子轉黃滿山金燦，這樣好景可惜我只看過照片。

3

寫到這裡不能不提美國作家理察・鮑爾斯獲二〇一九年普立茲獎的長篇小說《樹冠上》，以許多樹木如栗樹、榆樹、加州紅木等爲主角，我特別高興他也花了一些篇幅寫白楊，驚訝學到：因爲氣候劇烈變遷，北美白楊再也沒法以種子繁殖，而是經由複製長成森林。也就是，北美這些大片大片的白楊林，其實都是同一棵樹。

書前引用美國二十世紀名自然書寫作家約翰・繆爾的話：

「樹和人，我們一起旅行到銀河……每當和大自然行走，個人得到的遠遠超過他尋求的。進入宇宙最顯然的方式便是經由森林的野生氣息。」

繆爾原籍蘇格蘭，熱愛行走山水間。他好幾本書寫加州東部的內華達山，我們開車七小時可到，慶幸住在他的國度。

鮑爾斯偏愛寫大題材，這部尤其可稱龐然巨著，以飛揚之筆寫草木世界的奇妙，提醒我們人類從氧氣到衣食住行無不仰賴植物，生活在草木之間卻盲無所知，整部小說幾乎便是一首澎湃如貝多芬〈歡樂頌〉的〈草木頌〉。譬如寫光合作用：

「化學工程的神技，撐起創生的整座大教堂。地球上所有生物的奇幻都是搭載那眩目魔術便車的乘客。生命的祕密：植物吞吃陽光空氣和水，進而以積蓄的能量製造了一切。」

好些年前我也寫過一篇談光合作用的專欄短文，收在《一天零一天》裡。不太記得寫了什麼，於是從書架上抽出找到〈吞日〉，一千一百字立刻看完，當時想必意猶未盡，緊接又寫了兩個續篇〈我是一粒碳原子〉和〈草木的觀點〉，換了角度來談。

〈吞日〉談奧力佛．摩爾敦（Oliver Morton）探討光合作用的同名科普書（*Eating the Sun*）。原來光合作用是植物「無中生有」的神技，實際上十分複雜，簡單說是：「植物將陽光、空氣（其實是二氧化碳）和水分轉化為氧氣和葡萄醣的過程。」沒有植物便沒有氧氣，也就沒有動物，沒有我們。我不禁無限讚歎植物，反過來嫌厭動物吃相不如植物斯文：「君不見豔陽下，那一根根細草一片片樹葉都在盡情饗宴，也就是從容進食，安靜到不發一絲聲音。」可不是！

記得那時異想天開和B說：「若人能進行光合作用不需吃喝多好！」當然事情沒那麼簡單，光合作用只用到極小部分的太陽能，過程中並有許多能量耗損。我在〈我是一粒碳原子〉裡指出摩爾敦早已戳破這美夢：「設使動物也能進行光合作用，以皮膚曝光的面積來計算，一天所得能量不過相當於食用一點蔬菜水果，便只能靜修打禪如植物，沒力氣跑來跑去，更不用說思考創造了。」原來如此，難怪樹木需要那麼多葉片。

〈我是一粒碳原子〉其實是義大利化學家兼作家普利摩．李維一個短篇小說，藉由碳原子怎麼從無機世界進入有機世界開始光合作用循環不絕的故事。他寫光合作用這精巧的化學反應是我們的姊姊植物發明的，而「它們既不做實驗，也不做討論」。

第三篇〈草木的觀點〉以宏觀角度省思動植物差異，指出「植物安於自己……沒有過去將來，只有現在」，是人充滿焦慮不安，亟需跳出時間激流安於此時此刻。「人靜坐冥想，試圖消弭慾望，可說是動物冀求植物的境界。」我竟有這樣體悟？

人類高於其他動物嗎？動物高於植物嗎？越來越多的研究結果似乎說未必。

十年前舊作，這時讀來竟似閱讀他人（所以這樣不怕臉紅大肆援引）。不禁感嘆看書再多所記無幾，幸好在文字裡留下蛛絲馬跡。寫作因此類似轉移記憶存放地點，相當於腦袋暗房出清陳貨，之後才放膽從腦中刪除，未來要再調閱檔案只有書中去尋了。

4

這篇看書記事陸陸續續，從雨下不停寫到雨季結束。冬去春來，四下兔子松鼠跑來跑去，蜂蝶鳥雀飛舞，放眼花草樹木以色彩熱烈演述生命古老的故事：陽光空氣水分生長繁殖，天行健生物以自強不息。

一天我們翻越聖柏納迪諾山脈來到摩哈比沙漠的約書亞樹國家公園，沿途但見山林濃綠谷地遍佈黃花，廣大的植物世界無言歡唱。我和B下車讚歎：「人造不出這樣的景來！」爲什麼大片顏色這樣打動我們？誰知道！只能趁機攝下來。

將近四月底，熱起來了。日日炎陽高照，有的青草開始枯黃。回想那段雨霧蒼茫中沈浸書中的日子，竟有懷鄉的感覺。那樣磅礡的雨水，也許得等到下一個冬了。

花鳥蟲手記

一隻蜂鳥在一朵花上餵食，風來花朵劇烈搖顫，牠只好來去追逐花杯。且想像我們的杯子碗盤會跑。不覺微笑。

二〇一六年

1

日日晴陽，幾乎沒有四季感了。可是也不盡然。南加起碼有兩季：乾季和雨季。乾季四分之三，雨季四分之一。

2

陽光太熾，天地洪荒——有時覺得需要請后羿來射日了。

四野草木灰綠棕綠，灰頭土臉彷彿不懂得怎麼眞正綠法。

3

街口人家有棵夏威夷堅果樹，秋季落果，我們經過便揀拾。

這些落地堅果有的中空，果殼一端有個圓洞，我們納悶：是什麼動物有本事鑿這樣完美的洞？烏鴉？松鼠？烏鴉聰明，可是這堅果滑溜又硬不可摧（B在家拿鐵鎚試過），鳥光靠喙不可能鑿開。松鼠可用腳抓門牙鑿，比較可能。

4

在後院見到一隻蜂鳥垂直上升如直升機，驚歎不已，雖然明知蜂鳥有那本事。

5

到附近德立牧場公園，見一隻鷹定在半空不動，好像釘在藍天上，也一樣驚奇。從沒見過鳥類這樣停駐空中。只知鳥類能滑翔盤旋，但必須移動否則就像引擎熄火的飛機掉下來。顯然並不是這樣，B知道，我不知道。

6

傍晚散步總會經過湯尼老人處。他屋後有一大片院子，初看只覺野草泥塘黃土灌木亂糟糟，漸漸才習慣了那也許是座面貌天然的小牧場。主角是一群羊，常在院子裡遊逛咩咩叫。此外有許多果樹，一個水草環繞的沼澤，角落還有廢棄的卡車、機器和一艘平底船。湯尼常坐在院子裡，或在羊圈餵羊。我們散步經過，總會互相揚手招呼，有時也停步講講話。一次我獨自散步回程經過，沒見湯尼牧羊，倒發現身後跟了一群羊，原來是從路邊鐵絲網欄破洞鑽出來的，正擔心如果牠們一直跟我到家怎麼辦，牠們已經厭倦我掉頭回去了。第二天散步經過看見湯尼，告訴他羊群跑出來的事，指出鐵絲網欄破洞給他看，他非常感謝。

另一次經過，山羊此起彼落叫不停，咩咩咩，咩咩咩。奇的是這次聽來不像羊叫，倒像嬰兒呀呀啼哭，或是小男孩學羊叫。我細看羊圈，只見群羊，不見孩童。事後說給B聽，他說可見英文裡叫小羊 kid 是有道理的。

二〇一七年

7

又一天散步經過，湯尼一如平常在院子裡看羊，見我們走近大聲招呼，我們便過馬路隔鐵絲網欄聊聊。他問我們看到了他新生的小羊沒有，我們說沒有，他說那你們一定得看看：「啊眞美！天下最美的東西，新生的小羊。十二月十八日生的，全身純白，好美好美！新生的小羊美得不得了，可是像人，長大就變醜了，不知爲什麼。」

8

格外潮濕的冬季。

北加高山大雪連連，彌補近年來的不足。
南加多雨，有時連日不停，潮寒竟似台北冬天。

9

春來處處翠草，一下子迷糊，似乎回到了新英格蘭。
眼睛狂飲那滴水綠，嘴巴讚歎「好綠好綠！」，心知過不久便又是乾黃一片。

10

二月中，橘花開，香氣滿空，鼻子還是不喜：太濃窒人。
罵自己：有花可香還要嫌，不知好歹！
內心囁嚅：可是眞難聞……不過沒有迎春花難聞。

11

一本小說裡有個人物說：「花我可以忍受，假使沒有香味的話。」

12

生活極其單純，近乎宅。黃昏散步才走出宅門，去和戶外世界打招呼。

每個黃昏光色不盡一樣，見到的草木鳥獸也未必一樣。一樣的是白日從容過渡到夜晚，氣溫天光漸漸鬆緩，我們也逐步鬆緩。腳步起落，上坡下坡。一路有話無話，總有景可看。看金光深成橘黃，看重重遠山轉成淡紫——這下眞眞到了黃昏最美的時刻！

13

二月近底，父親死了。黃昏散步時，天光雲影都和死亡有關。我在心裡寫詩。譬如：「今天不見昨天夕陽／雖然看來是／同樣暮色。」

「一日將盡／時間的減法／在生命幾乎無可／再減的時候。」

幾個月後，詩沒有了。散步時，天光雲影草木鳥獸回復原狀。
自問：怎麼了，乾旱到麻木不仁？

14

一隻白鷺走過前院，從容優雅，長頸如蛇。然後停下，凝凍。其實牠在獵食，細頸長伸一動也不動，聚精會神觀看。許久許久，似化石。動物那種凝立的本事，遠古狩獵時代的人類想必也有，現代人早蕩然無存。

15

坐在後院，一隻松鼠常到我正前大石上，或者直立觀望，或者捧了一顆堅果啃咬，或者趴在石上。一次就在牠這樣趴著時，我見到牠尾部壓著的睪丸，才意識到這傢伙原來眞是個他，訝異那睪丸之大。

16

天色將晚，獨到後面天街走走。回程見到前面右側鱷梨園邊一頭淺色動物走動，擔心是小野狼（沒戴眼鏡看不清），走近些才知是狗，牠跑過來搖尾舔舔我衣服走開了。跟著遠遠一個女子牽了頭動物緩緩走來，我以爲是馬，近了發現竟是頭母牛。第一次見到有人遛牛。她和牛從哪裡來？無疑住在附近，從沒見過。

17

黃昏在門口，看見院子邊上一棵樹頂一橐黑，好似一隻烏鴉棲在巢上。牠動了動，原來是隻壯碩烏鴉，巢是牠身體。忽而牠振翅飛走，枝頭空空，露出纖纖細枝。我呆呆瞪視，不解那纖柔枝條如何乘載那厚重的烏鴉。

18

下午時分，靠在沙發上想要打個盹，不知什麼鳥尖叫不休，如鐵鎚敲鋼釘。起先好奇，沒聽過這樣鳥聲。久了煩，恨不得宰了牠。過後某天黃昏散步，看見一隻松鼠在路旁大石間竄來竄去，吱吱尖叫，正是那敲鋼釘似的聲音。

19

偶爾散步時不見來車，我便走在公路正中黃線上，好似整條路都是我的。B若一起必然勸阻：「趕快到路邊，太危險了！」

20

到後院坐坐，螞蟻在腳板上小腿上爬，最後竟然爬到大腿上。這下沒法安心坐下去了，收拾書本紙筆撤退進屋。

21

散步歸途，八分月正在一棵棕櫚樹頂，有如端坐巢中，我取出手機準備照下，月已落到樹後。便收起手機，看月亮以可見的快速落下。

照相經常這樣，一下就錯過了，然後告訴自己：無傷，錯過的更加可貴。

22

走到後山有時會碰見小野狼，總是有點距離，B也總在旁邊。有兩次獨自一人，天色已經有點昏暗，一頭小野狼在右前山坡上，大約四五十步之遙，站定看我。我也停步看牠，知道沒什麼危險（小野狼一般不攻擊人），但還是不免頭皮發麻，本能地恐懼反應。等牠轉身跑走了我才繼續。

另一次，一頭小野狼在前方分岔路口停在路邊看我，還有相當距離，我站住觀察，不久牠跑下谷地去了。爲了保險起見我改變路線，避開牠先前所在地點。

後來聽鄰居說，曾經某鄰居牽了繩鏈遛小狗遇見一頭小野狼，那小野狼竟不顧人公然攻擊小狗。

23

在一個自然影片上看到，美國東西兩岸的小野狼不同，東北的小野狼和狼交配，身材比較大。

24

散步回來，暮色已經昏暗，野兔在鄰家院裡跑來跑去，圓尾巴一囊白色蹦上蹦下清晰可見，簡直向在對經常盤旋頂上的鷂鷹招呼：「我在這裡我在這裡！」

25

忽然，每天四下跑跳的小動物縮小了。小松鼠，小兔子，小蜥蜴，小得迷你，小得不眞，像波特童書裡跑出來的。豁然覺悟：啊，這些小傢伙是新生的寶寶！

26

我是個奇糟無比的觀察者，不是心不在焉，就是不知看見的是什麼。

B不同，注意到各種我忽視或錯過的事物。

流星！他會說。沒看見，我說。或，蝙蝠！我也是沒看見。太多次了。

他用的是自然學家之眼，我則用的是夢遊之眼。

27

後院一叢劍葉輻射的植物中心長出一根「花柱」，昂昂挺立。B一見立刻大喜走近仰頭驚歎，只差跪地膜拜。我叫它「巨大勃起」，笑B不自覺的陽具崇拜。用手機照下記錄。

花柱不斷長高，上部周圍漸漸生出分叉小枝，長滿了花苞。三個月後足足有三倍高，尖頂觸及一旁棕櫚的葉了。我們等花柱開花大戲，再看已經凋謝，密密不起眼的枯萎小白花。據說開完花這植物就會死掉，目前還好好的。

28

後來發現，其實這裡許多旱地植物都有這樣花柱，大小規模不同而已。

29

蜂鳥飛時會發出嗶嗶嗶聲，如輕微炮竹的爆響。

30

從屋內看見後院角落，一隻走鵑和一隻松鼠背道而行，相距不過幾步，卻各自全神貫注向前，好像完全不知對方存在。

31

一隻蜂鳥和一隻蝴蝶幾乎空中相撞，蝴蝶落地，原來是朵枯乾的九重葛。

32

後院，一隻蝴蝶定在一處搧動翅膀，吸引我的視線。相隔大約十步，看不出有牠可停的枝頭，猜想或者是給蛛絲黏住了，只見牠不斷就在原點搧啊搧。終於忍不住過去查看，原來又是一朵枯乾九重葛給蛛絲黏住，在微風裡顫動。

33

黃昏散步途中見到路上一細長物事，斜眼一瞟像某種動物乾如皮革的殘骸，心裡一跳忙快步逃開。B停下研究一番，宣佈是牛蛙殘餘。那一段路有時老聽到牛蛙沈厚的鳴聲，但從沒見到身影。

34

野鴿咕咕的音調低而且緩，有暮鼓晨鐘的韻味，一聽心就靜了下來。通常清晨時分聽見那篤定的咕咕聲。

很久以前王尚義有本書叫《野鴿子的黃昏》，大約我高中時代。

35

一隻蜂鳥在一朵花上餵食，風來花朵劇烈搖顫，牠只好來去追逐花杯。且想像我們的杯子碗盤會跑。不覺微笑。

36

黃昏散步剛到屋前，一隻烏鴉啣蛋低空掠過，忽而蛋落砸在路上。B立刻過去查看，發現蛋意外地大。隔鄰養鴨，也許那烏鴉偷了鄰居的鴨蛋。

37

這植物附近常見，總讓我想到地獄。
街口鄰居前院便有這樣一株，蛇似的莖，頂端一叢如金屬片鑄在一起的黑葉，花莖上的朵朵小花也是黑的，葉與花都呈玫瑰花序排列。鄰居說：這植物原來很小，經過人工改造變成各種奇形怪狀。

他還告訴我們，他們前院許多叢植物叫「袋鼠的前足」，果然花形正似。還有一種圓形小葉的植物叫「象耳朵」。

38

養鴨左鄰院側的捕籠裡逮到了三隻松鼠。我在後院走動無心中撞見，急忙逃走不忍看。回頭告訴B，他去看後報告：一大二小，小的已死。

不久前才看見左鄰籬下常有兩隻松鼠寶寶出入玩耍。也許就是那兩隻。

39

熱不可當，等薄暮稍涼才出去散步。走到半途天幾乎全黑了，右前不遠昏暗路上一盤黑物，看不太清楚，我感覺那物似乎動了，警告B停步。那物果然長條展開，發出刷刷聲爬走了。蛇，不確定是不是響尾蛇。沒聽到尾巴串鈴響的聲音。

40

我永遠沒法做個有深度的自然寫作者——太注重好看這件事了。

41

六月底，車道底的仙人掌開滿了花苞，大約有幾百朵。碗大的白花，夜裡綻放，清晨還沒全收，狀如佛手。我們從樓上看見，忙出門細看驚歎，笑那仙人掌瘋了。照相記錄。

42

走過後陽台台階，一陣尖細刺耳的聲音，以爲是耳鳴，不然是來自遠方的機器聲。低頭發現是陽台把手木欄角落，一隻蜜蜂陷在蛛網上，網主蜘蛛正在牠身上忙不停。那充滿驚惶的高音便出自那蜜蜂，牠在垂死掙扎。我可以救牠，但想這是大自然的生殺之道，就不插手走開。背後那刺耳的求救聲不斷，好像斥責。

43

七月。後街的枇杷樹季節早過。前院橘樹纍纍綠果，只有零星幾顆橘黃。對鄰的芒果樹開始掛了一顆顆綠色果實。附近鱷梨園樹上也滿樹果子，從小如豆子開始。結實太多，果樹會自行淘汰，所以樹下滿地小鱷梨。

44

到處蛛網。
家中角落，甚至不需角落，任何物件之間都可。
草上，枝頭，停在車道上的車子，放在門口的球鞋。
總有跨出前門，一步撞進盤絲洞的威脅。穿球鞋前必先清除蛛絲（也怕有蠍子）。

45

一張完美大型蛛網讓人讚歎。

而蛛網並非只是平面如蕾絲，也可能立體如蚊帳或捕蟲網。

46

一隻又一隻，摁死從落地窗進臥房的一隊螞蟻，五隻，十隻，二十，五十。不濫殺昆蟲是這樣難的事。

47

電線桿頂上，兩隻啄木鳥在交媾——一隻騎在另一隻背上，乍合即分，還來不及眨眼就已大功告成。飛走的那隻打個圈又回來了。還貪嗎？

48

四處大小蜥蜴爬行，驚人快速。尤其是小蜥蜴，一閃就不見了。

49

街對面電線上經常停了一隻模仿鳥，就是《梅岡城故事》（*Don't Kill A Mocking Bird*）原著書名裡的 mocking bird，細身長尾，高歌不斷。

模仿鳥善歌，曲調婉轉悅耳，B說有十三種曲調。每回聽到我們都停步欣賞。

50

我們的《美國西岸鳥類圖鑑》（作者剛好和B雙胞弟同名同姓），烏鴉算歌唱鳥。那刮耳的磔磔乾笑聲也算歌？

B解釋 song bird 的 song 在這裡意思不是歌唱，而是生物學上一種鳥類歸類法。

但烏鴉機警聰明，這點我無爭。

51

後山。一株松樹頂幾隻啄木鳥，忽然斜裡飛來一隻鴟鷹，啄木鳥紛紛飛逃。鴟鷹占據樹頂，傲然如帝王。跟著又飛來一隻鷂鷹，停在低一點的枝頭。
從沒見過兩鷹同棲一樹。「Cool!」我們讚。

52

後山路邊坡上，一頭小野狼往上遠去的背影。
牠看見了我們嗎？我問B。
走到稍高處，牠和另一頭小野狼會合，這頭體型大得多，而且毛色黑棕，似狼。
我一驚，對獨上後山戒心更深了。
一個住在後山的女鄰說她出門散步總帶三樣東西：一隻口哨、一小罐辣椒噴劑，還有是馬鞭（她年輕時騎馬）。她揚手一揮手上細長馬鞭，咻！一聲銳響，帥氣極了。她叫蘿拉，面目開敞，笑容明朗。這是第一次見到她。

53

後山不是伊甸。

總是有年輕情侶開車到後山，面對山谷和遠山，在車裡喝酒談情做愛嗑藥，留下啤酒瓶啤酒罐塑膠礦泉水瓶和用過的保險套。後山鄰居開會協議，設了路障禁止外來車輛進入。果然這類外人少了，但附近沿路的水瓶酒罐等垃圾依然不絕，散步途中B常一路撿。我只管照天照雲照電線上的鳥，不然罵罵那些亂丟垃圾的混蛋。

54

翻過後山走人家長長的車道，面對一片山谷。

我如常遠眺重山，任心思漫遊。B說：看！我急忙收回視線抬頭。

一隻蜂鳥掠過空中，忽而像魚鷹俯衝而下，然後一個急遽旋轉如火箭噴射上空，畫個弧又俯衝而下再噴射上空。如此這般重複了四、五回，最後停在一棵樹頂上。我們這才注意到，那裡停了另一隻蜂鳥。

原來這精采特技不是遊戲，而是求偶表演，爲的是向她炫耀：看我多棒！

55

動物也會感覺無聊嗎？無疑！

感傷呢？

大象和猩猩悲悼子女或伴侶死亡，顯然懂得悲哀。或許大多動物都是這樣。

56

達爾文的演化論包括兩個機制：自然淘汰和性別淘汰，兩者同時並行。自然淘汰就是物競天擇適者生存那部分，性別淘汰則是經由異性主觀喜好進行淘汰的另一部分。但自從達爾文提出性別淘汰以來，生物學家始終偏重前者而漠視後者，堅持把性別淘汰歸在自然淘汰之下。因爲覺得性別淘汰理論太過激進，給了雌性過多「權力」。

我們所見正是性別淘汰的展示。

57

翻過後山下坡面對谷地，經常驚起一隻隱身近旁樹上的鴟鷹，乍然低空掠過眼前（眞是威武！）停到路對面遠些的樹上。想必牠就住在附近，我們可以寫下牠的地址。

這些常見的松鼠、兔子、鴟鷹、烏鴉、蜂鳥、啄木鳥、貓頭鷹、小野狼等，一定是住在這一帶的居民，就像我們散步途中經常遇見的鄰居——這念頭竟要等我每天散步了不知多久才冒將出來。

58

秋冬時節，橙子橘子滿樹，散步前B總先摘兩三顆橘子帶著。半途先吃一個，其餘等回程上了陡坡再吃。新鮮橘子汁水淋漓酸甜恰好，加上天色金橘藍紫空氣微涼，邊吃邊走邊看——眞好。

59

「夕陽無限好，只是近黃昏。」

每天重新咀嚼這兩句詩的意思，尤其「無限」和「只是」兩詞。

60

八月六日。

散步歸途，將近八點，遇見一對也是每天遛狗的鄰近夫妻，告訴我們往前後看。原來我們所在的艾達侯街東西向，這時前方太陽即將落山，後方月亮剛才升起。日月一線相對，難得一見的景象。

61

將近十點，滿月清亮。將B從電視前喚出，到門前短街上走一圈，看月。空氣寒涼，我們的月影清晰可見。

62

八月二十一日，日全蝕，全美可見，百年一次。

南加一帶只見半蝕，上午十點半左右。B用紙板做了個針孔相機，我們看見的是一枚小小日牙，比我剪下的小指甲還小。陽光暗了一點點，鳥獸照常飛鳴跑跳，似乎全沒注意到。

下次美國可見日全蝕是二〇二四年。

63

黃昏散步，發現就要滾下山頭的夕陽驚人肥大，如占據飯碗大半的鹹蛋黃。好像沒見過這樣飽圓膨大的落日，除了在照片或電影裡。

64

這枝蘆花，這片後山谷地，攝過無數次了。

襯著深色草樹，這白色蘆花似在向晚的斜陽中微微發光。每天黃昏散步經過見到便照，從不厭倦。他人看見一式景色，我看見不同光線色澤角度的無限變奏，張張不同。

65

大約一個月後，同樣薄暮時分走過這枝蘆花，同樣停步讚賞它的白芒微光。只是欣賞，沒照相。

66

面對書桌窗外，一隻幼小走鵑搖擺走過，天眞爛漫模樣，絆了一下幾乎跌跤。隔早小傢伙又再走過窗前，仍是那無邪神情，不知有人暗中微笑在看。

67

廚房水槽面對後院花圃矮牆上，站了五座我的小石塔。

兩座是幾何形岩石尖頂上安置了一顆卵石，其中一座我叫金字塔。
另外三座都是扁圓石搭起來的，三五個不等，疊太陽餅似的。
每隔幾天石塔便會先後倒塌，猜是小動物傑作，從沒當場逮到過。
倒塌重建倒塌重建，小型的薛西弗斯滾石上山。

68

搭石塔訣竅在找到石頭重心，這有時需要相當時間。
一個石塔藝術家說，任何岩石都有一個可平衡的點，只要找到那個重心。

69

網上可見的藝術家石塔，都不可想見地不對稱，好似架在針尖上危殆殆欲倒。
這些特技石塔讓人忘記：石塔藝術並不只是驚人的平衡魔術。
我有本伊努伊特人石塔攝影集，那些石塔不是表演或擺設，而是北極圈荒原上傳遞信息或引路的使者，有如路標和燈塔。

70

可喜可歌的景象：我的「金字塔」上來了訪客，是隻黑蜥蜴。金字塔一下生動了。就像白牆上多了小孩塗鴉。那蜥蜴在金字塔上曬太陽，塔居然沒倒！

71

十月底，開車到附近德立牧場公園。

近半年沒來，植物在我們不留意時忙著準備換季，景觀大不同了。入眼秋色（南加能有什麼秋色？），主要是金黃、咖啡、紅棕，間雜白色、翠綠、深綠，偶爾一兩點豔紅、深紫、鮮黃。好看！好看！眼睛狂飲，照個不停。回家猛刪，剩了不到十張。還是好看。

二〇一八年

72

二月，父親忌日應該快到了。哪天呢？記憶已經模糊。竟然將近一年了。心還痛嗎？心揪緊了回答。

73

新近學到，長成一個橘子，需要七加侖水灌溉。

74

近午到屋前街上走走透氣，一群鳥啁啾熱鬧。抬頭尋來尋去，只見電線上一隻模仿鳥獨唱，一曲又一曲不亦樂乎。

另一天車道上鳥鳴熱鬧，這次電線上三隻模仿鳥你來我往，也是不亦樂乎。

從沒想到拿手機錄下來，應該試試。問題是牠們不合作，總一下就飛走了。

75

最近有兩次，野兔見到我們走近便僵立不動如石，好像這樣我們便不會注意到。

通常牠們遠遠看見我們就飛逃不見。

76

走過前院，小草坪邊上一隻飽滿漂亮的公雞神氣漫步，猜想是鄰居的，趕緊進屋拿手機照下來。回頭給B看，他說不是公雞，是母雞。

可是牠頭上有個漂亮威武的冠。

母雞也有冠。

想想確實，牠身材滾圓，沒公雞高大昂揚。不得不認錯，連公雞母雞都不分。

小時住鄉下，我知道公母雞的分別。現在退化，竟笨到這種程度。

可寫篇〈這樣一個笨人〉，可惜好大一籮筐笨事都忘光了，只能靠編的。不然得努力多做笨事（對我這不難），而且每件都記下來（難在這裡）。

77

冬和雨到了三月才來，多陰灰秋涼的日子，下一兩天雨，然後只是滿天雨雲，然後雲散天晴，然後一再重複這個循環。

78

處處花開。後山坡上幾株枯樹開粉紅小花，遠看像國畫裡的梅花。每次走過便想唱劉家昌的〈梅花〉。

這時節不想念東岸的水仙，而是番紅花。喚出舊照片檔案來看，依然美不可言。

79

一隻鷂鷹掠過頂頭，一隻烏鴉緊追在後。這比較常見。

有時追趕的是蜂鳥，有時換成了模仿鳥。
總奇怪那鷹怎不掉頭反擊，起碼示威一下——牠們不是很厲害嗎？
咻咻！兩鳥飛掠而過，竟是模仿鳥追擊烏鴉。這是兩天前。

80

一天下午在沙發上看書，忽然「砰！」一聲，從後院方向傳來。B剛好下樓，立即出後門調查，進來萬分興奮喚我去看。只見廚房窗左上角一片白印，左翅，工整，沒全張，清晰可見，顯然是什麼鳥撞上留下的。想見那鳥的震驚（多少有點頭暈吧？），幸好沒致命，地上不見死鳥。（附近馬路上給車壓死的小動物太常見了。）

我們站在水槽前研究那翅影。怎麼會有那白印子呢？翅上有白粉？哪來白粉？

我說可能是烏鴉，常見牠們在前後院走動。B說不可能，翅膀印太小。

我拿手機照下，遲早那翅膀簽名會消失不見。

過了三星期，窗上白翅膀印仍在。

幾個月後，翅膀印漸漸淡了。一天在水槽前無心外望，發現視線意外清晰，原來不知什麼時候窗戶外面乾淨了許多，豁然醒悟：那翅膀白印來自窗玻璃外層上厚厚的塵土。

這簡單的道理竟然要這麼久才想通！
但究竟是什麼鳥留下了那翅膀印？仍是個謎。

輯四

迷人疑惑

不如釣魚去

無疑，自己選的牢籠不是牢籠，自己上的鎖鏈不是鎖鏈。地獄是硬要給你指派天堂，而天堂是可以隨心所欲選擇自己的地獄。

1

契訶夫說寫作是件不自然的事，人生只短短一回，不該拿來做寫作這種事。他認爲人生最快意莫過於無所事事，因此老夢想去釣魚，而不是成天滿腦子造句編故事。然而終其一生，絕大部分時間，他做的正是那件他判定爲最不自然的事：孜孜編造子虛烏有的故事，把人類所有痴愚愁慘都放進去。

身爲寫作者，我幾乎每天都感到那「虛假」的戳刺，經常自問：「眞實已夠眼花撩亂沒法應付了，何必自欺欺人製造更多虛假？」

然而從過程到結果，有多少事物比創作更眞實不過呢？何必斤斤計較表面的眞假虛實？既然人生本來如夢幻泡影海市蜃樓，誰也無法說虛實邊界在哪裡。不是說信則有不信則無？

總之就是沒完沒了逼問不休，這樣自我拷打說的是一件事：對存在本身的惶惑和對生命局限的驚恐。說得更直一點，就是擺脫不了所爲何來的空無感。許多年前我在一次演講中提到這個困擾，會完夏公（志清）特地過來開導：「那些問題都不要問，你只管寫就是了。」那分愛護我衷心感謝，但只能半聽半聾：還是勤奮不懈地寫，但仍照舊反躬自問，只因唉心裡有條蟲不絕蛀咬那些問題，喀嗤喀嗤，日以繼夜，要把生命這棟華廈化成一撮齏粉。

2

當然夏公是對的，那些問題都不要問，癥結在沒法不問。

寫作並不是個普遍的職業，雖然感覺上當今人人能寫人人在寫，作者作家滿天飛。仍然，存心寫作，全力寫作，被寫作牽引逼壓欲罷不能，不是一天兩天而是一輩子，究竟是少數人做的事。也許有許多人年輕時夢想寫作，然眞正走上那條路的畢竟是少數。

寫作國度的風景從外面看似乎浪漫逍遙，栽進去了才知道裡面其實蕭瑟蒼涼，而且滿佈荊棘兇險。

且聽聽一些過來人的經驗談。

英國作家裴樂娜琵．費茲傑羅說她寫作時總想丟下去種花畫畫，做任何和寫作無關的事。

美國作家安妮．迪勒在《寫作生涯》（*The Writing Life*）裡指出，比起別的工作，寫作根本不切實際，最大證據：「個人在寫作時絕對自由。」沒一件工作給人這樣自由，只因：「你所寫的毫無意義，毫無價值，除了你沒人在乎。」

周作人在〈談文章〉裡也說：「我不相信文章是有用的。」認爲寫作是一種無聊。

絕多作者內心都有這樣一道深淵，經常走在自我懷疑自我否定的刀鋸邊緣，但難得這樣坦白。我們總以爲作者是暗室裡的一團烈火，孤獨熊熊發光，不知其實是輕易便可吹散的一撮冷灰，有的便眞的跌落深淵陷入崩潰。

仍然，不知死活投身寫作的大有人在，走進書店便可知，更不用說圖書館了。那些站著躺著嶄新破舊男男女女聲調各異的無數作者足以讓愛書人欣喜（不愁無書可看！），或苦惱（這麼多書怎麼追趕得上？）。

邱妙津說：「如果不寫作或太久沒寫作人生就完全沒有意義，我生活的所作所爲都是為了要寫作。」

愛爾蘭作家愛德娜・歐布萊恩（Edna O'Brien）在訪談裡說：「如果不寫的話，我大概會發狂。」

3

什麼是作家？

如果以寫作為生活重心，占據絕大部分心神精力，我可算是個作家。

我年輕時坐過一年辦公桌，兒童雜誌編輯的工作可算有趣，我還是覺得像個囚犯，每天等不及下班。不能想像整個城市整個社會朝九晚五如實驗室裡的白老鼠，更不能想像誠心追求一種絕對受外界縛綁支配的生活。緊接本想說做自己喜歡的事便不是工作，然而立即就發現也不盡然——寫作雖是自由業，畢竟還是工作。老實說，一來寫作耗費心神，二來天長日久地寫，最終帶了強迫性，類似毒癮，不寫就難過，雖然寫也不好過。寫作可說是自設牢籠，自找罪受。有時想到必須把自己擺到書桌前，一字一句暗無天日開鑿就覺恐慌——怎麼有人能一輩子日日天天單單做這件事？若不是頭殼壞掉是什麼？

4

「從春寫到秋，又從冬／寫到夏，我們仍舊／一字、一字地／活下去，這一生和下一生／一顆、一顆字／畢竟這是我們自甘的逆旅……」

這是鍾曉陽在〈我們〉詩裡的句子。

關鍵在「自甘」兩字。

在《致D情史》（編按：*Lettre à D*，台譯《最後一封情書》）裡，法國作家高茲（**André Gorz**）談到身爲作家就是要不停寫，寫什麼不重要，重要的是寫這件事，其次才是題材。是這種非寫不可將一般人和作家劃分開來。

卡夫卡曾在一封給女友的信裡說，和他的婚姻就會像：「僧侶的日子，跟一個脾氣惡劣、苦惱、寡言、不滿而又病懨懨的男人一起生活。」這個男人：「給無形的鏈子跟無形的文學鎖在一起，一有人走近就以爲那人觸到了那些鎖鏈而尖叫。」

讓人毛骨悚然！然是出於卡夫卡自己的選擇，那些鎖鏈是他自己上的。

5

無疑，自己選的牢籠不是牢籠，自己上的鎖鏈不是鎖鏈。地獄是硬要給你指派天堂，而天堂是可以隨心所欲選擇自己的地獄。

歐威爾在〈我爲什麼寫作〉裡談到寫書的痛苦：「寫書是一場可怕、筋疲力盡的折騰，就像一場大病。一個人若不是受到什麼無法抗拒或理解的邪魔驅使，不會去做這種事。」《一九八四》便是他已經病得半死了，最後有氣無力躺在床上硬撐完成的，書出後不到半年就死了，所以有位英國作家說：「《一九八四》殺了歐威爾。」

美國作家菲利浦·羅斯便在一次訪談裡直說「不寫我會死」。無疑卡夫卡和歐威爾和羅斯同一國，都屬於那種「不寫會死」的族類。這種狂熱自虐簡直可笑，再怎麼說，寫也一樣會死。

英國作家伊恩·麥克尤恩七十歲後在《衛報》訪談裡說他仍年輕，離退休還早：「不然拿什麼代替？除了寫作還有什麼呢？」

其實寫作之外他還出名地熱愛科學、烹調和徒步旅行，難道這些都不算數？曹雪芹這樣想嗎？莎士比亞這樣想嗎？無疑巴爾札克和普魯斯特這樣想。我知道蒙田不這樣想，寫作於他在彌補失去知友的空缺，此外他還愛吃愛喝愛騎馬散步種種給予人生樂趣的享受。

蘇童在《十一擊》代跋〈年復一年〉裡虛心自問：「你這樣一個字一個字地到底要寫到什麼時候？」然後一擊腦袋拍醒自己：「除了寫作你還能幹什麼？」

6

有的作家甚至死了還逃不開寫作。長居英國的澳洲作家克萊夫．詹姆斯（Clive James）七十五歲時身患重病「將死」了好幾年，仍不絕譯詩寫詩，甚至出新詩集。英國媒體一度誤認他已死，發了輝煌訃聞，他看了大爲受用，暗自慚愧沒能及時報銷，但不乏得意說：「我『死後』做了很多事。」

還是英國腦神經學家兼作家奧立佛．薩克斯坦白，他在死前完成的自傳《勇往直前》說：「自始至終，寫作給了我無上樂趣。」

此外不能遺漏十八世紀英國文豪約翰生博士的名言：「只有蠢蛋才不爲錢寫作。」

爲什麼寫作？爲什麼高歌爲什麼悲嘆？爲什麼不能就任一切隨風而逝，而卻爲了一個字推敲反覆？爲了一個句子著魔瘋狂？爲了一句眞話編造了漫天假話？

不管爲痴爲狂爲名爲錢或爲什麼其他理由，繞了一圈最後還是得回到起點：何必多問？想寫就寫，能寫就寫，不寫去釣魚也好，釣魚和寫作不相衝突。契訶夫實在該偶爾丟下紙筆去釣釣魚的，必然無傷。我碰巧不是釣魚人，年輕時隨B釣魚許多次，總是淡出鳥來。讓我選就丟下書本文字到山裡去，大步行走，昂頭吸取陽光空氣山水，放眼藍天白雲鳥獸蟲魚，還有什麼更好呢？

時間不再來？

時間的風獵獵吹打，生死的雨水落在城市鄉村高山海洋。
我們如果不是故事是什麼？故事如果不是時間是什麼？
我們如果不是時間的容器時間的見證是什麼？

以亙古的時間來衡量，自清明到渾沌才是一刹間事。——鹿橋《人子》

0

是的，如季節循環，我又回到了時間這老遊戲場。
許多年來，從〈時間的臉〉、〈斷水的人〉、〈時間驚悸〉之類文字，到《時光幾何》、《剎那之眼》、《急凍的瞬間》、《一天零一天》、《攔截時間的方法》等散文集，我總在觸探時間，捕捉時間，爲時間逝去而不安。

現在，我面對時間滅絕。

什麼？也許你會驚呼。且容我慢慢道來。

1

威脅到時間本身的「生死危機」，這不是第一次。大約二十年前，英國物理學家朱里安・巴柏（Julian Barbour）出了《時間的盡頭》（*The End of Time*），宣稱時間並不存在。我驚訝之餘急急買來，看不了幾頁就放棄了，擺到書架拿不到的高處。可是B看了，畢竟理論物理是他的老本行，現在問他巴柏的時間理論卻什麼也不記得。

這次導火線也是一本書，義大利物理學家卡羅・若維里（Carlo Rovelli）的近作《時間的秩序》（*The Order of Time*），帶我們繞到時間的詩情畫意背後去正視它的來源眞面，講述最新版的時間傳奇。

很快我們便在導言裡撞見一堆疑問：「你可曾有過這些問題：爲什麼我們記得過去而不記得未來？我們存在時間之中，還是時間存在我們之中？當我們說『時間經過』究竟是什麼意思？是什麼把時間和我們的主觀天性連在一起？」

多奇怪的問題！誰會這樣想呢？我常問這問那，但從沒聰明到質疑時間本身。而這些疑問正是關鍵所在。

若維里是個少見的物理學家，不森冷，很有人味，文字裡有音樂有古今典籍，能以感性甚至詩意的譬喻帶我們走進時間的玄奧。全書分三部分。首先經由現代物理對時間的了解拆除時間，這過程「好比手裡的雪花，你一邊研究，它一邊就在指間融解消失了」。因爲時間其實並不存在，而是存在人類的想像，也就是我們的意識裡。第二部分面對放逐了時間的荒原景觀：「狂風過後空無所有，任何暫時的跡象都不見了。奇異，陌生，卻正是我們屬於的景觀。好比爬到高山上，只剩了冰雪、岩石和天空。」最後部分回程重建我們所能理解的時間：「這是個最困難也最重要的部分，因爲關係我們。」只因最終時間的神祕不在宇宙本身，而在感受時間依賴時間的我們。

一開始他就告訴我們，高山上時間比較快，平地時間比較慢。時空受重力影響，宇宙每個地方重力不同，時間也就不同，因此時間遠非一條線或一個面，而是一張網：「我們活在時間的網裡。」其次他告訴我們，時間也受速度影響。快的人時間比較慢，反之則比較快。總之時間並非絕對而是相對，這些都得歸功二十世紀初愛因斯坦提出的相對論。

接下來若維里進一步解釋，時間的箭頭並不來自宇宙內在神祕法則，而來自熱的作用，以熵來表示。熵是熱力學用語，代表亂度。越有秩序熵越低，越沒有秩序則越高。時間的箭頭來自亂度總要增加的傾向，好比孫悟空天性就是要搗亂。然而對面，在量子的宇宙裡，時間沒有箭頭。也就是，設使我們拍一部以量子爲主角的電影，正放和倒放毫無區別，無知無欲的量子既沒有昨天也沒有明天，只有今天。

A

去除了時間彷彿突然被丟進外太空，跌入無邊的漆黑裡，滿腔疑惑不知從何問起。時間怎麼可能不存在？一條沒有水的河還是河嗎？

歷史需要時間，故事需要時間，起承轉合需要時間，因爲所以需要時間，生存死滅需要時間，意義需要時間。怎麼可能沒有時間？

沒有了時間，那宇宙一切豈不跟著消失，我也就不存在了？

這個「不存在的我」怎麼去想像這混茫一片的空無？

2

幸好有一件讓人安心的東西叫做書。書是我們的時間庫，尋找時間只要打開書。

和《時間的秩序》搏鬥同時，正好看黛柏拉．列維（Deborah Levy）的回憶錄《生活的代價》（*The Cost of Living*）來緩衝，看她怎麼記述自己五十歲時婚姻破裂後的生活；也就是，經由回憶搶救過去。

她帶了兩個女兒搬到北倫敦坡上一棟公寓大樓裡去，既要教書又要寫稿，奮勇重建生活。古老破敗的小公寓問題不斷，而且沒地方寫作，直到一個好心朋友幫忙，將後院一棟簡陋小屋（她詩人丈夫生前用作書房）廉價租給列維，於是寒冬裡她開始在那裡寫作，每天早晨走路（後來換騎電動腳踏車）下坡到書房，黃昏上坡回到公寓，其間母親病重去世。

列維生於南非，長於英國。有兩本長篇進入布克獎決選，然好評不如暢銷，恢復自由身的她手頭拮据。可是困苦使她勇敢，使她堅強。在種種奔波的細節之間，她以跳脫短小的章節記錄日常生活苦樂，思索婚姻、身爲女人、母親一生和自由的意義。字裡行間，時間如江上波光粼粼閃爍，生命載浮載沈悲喜交集。

B

《生活的代價》末了，列維寫在百貨公司看見一對貓頭鷹耳環，綠玻璃的眼睛，她立即快樂想到買給熱愛貓頭鷹的母親，會賬時才驚覺母親已死，不禁叫出：「不不不不！」

不由引我想到死去多年的母親，和死去才一年半的父親。

不久前夢見回家，見父親一直睡，問妹妹怎麼回事，忽然夢中的自己困惑起來，搞不清父親死了沒有。繼而黯然想起：他已經死了。

然後，臥床許多年才搬到茅夷島不久的婆婆幾天前忽然死了，實在意外（當然骨子裡不眞意外）：花了那麼大力氣搬過去，怎麼一下就……？

往者已矣，死者不可復生，時間怎麼可能不存在？

3

零雨詩句：

他們說，所謂時間，只是人與事的移動。

能否這樣解釋：

重重站穩腳跟，用力一搏，勢如破竹

這樣的一頓一挫，乃是時間激烈的移動。

詩人不定義時間，只是與之糾纏把玩。生與死，無疑是時間激烈的移動。

C

如果時間只是描述變動的方式，是語言上的一種方便和必需，那麼，不管科學家再怎麼證據確鑿，無法否認「變」這件事。月換星移，季節來去。星雲聚散，宇宙也有開始和終結。多少古老典籍告訴我們：生存死滅，變是宇宙之常。只要有變，便有時間。

且看我們的語言，充滿時間的印記，像路標，到處都是：

永恆。短暫。倏然。逐漸……

話說古早古早以前……

大江東去……滄海化成桑田……

意識最大的時間標示是記憶。而不到意識的層次，我們身體運行全賴各器官根據不同時間表的協調無間。大腦是具驚人的計算機。

D

時間的風獵獵吹打，生死的雨水落在城市鄉村高山海洋。

我們如果不是故事是什麼？故事如果不是時間是什麼？

我們如果不是時間的容器時間的見證是什麼？

前院後院的仙人掌又瘋狂開滿花苞，彷彿吶喊：「趕快趕快，不然就來不及了！」

花開花謝，植物說的是對時間的知覺。

如果時間不存在，那我們，所有大大小小生物，計算的是什麼？

而且，說時間不存在究竟是什麼意思？

是說沒有變化沒有行進？是說事件不發生？一切凝凍不前嗎？

4

若維里早已預見我氣急敗壞的駁斥，在第二章裡一一解說。變是宇宙之常，萬物永遠在遷化。與其視一切由物質構成，不如視爲由事件構成。即使最堅實的高山，終究也要化成塵土。一切都在行進，都在轉變。時間沒有了統一性和方向性，不表示時間失去了自己，只是失去了我們熟悉的秩序。時間不像我們以爲的是一條線從以前按部就班走到以後，卻是亂糟糟千絲萬縷同時並進。這裡若維里拿自己國家開玩笑：「時間不像英國人整齊排隊，而像義大利人擠成一堆。」或：「比較像拿坡里，不像新加坡。」

5

時間的科學固然讓人大開眼界，然我們對時間的感受畢竟和科學無關。所以最後部分若維里履行承諾回到人的角度，重建我們熟知的時間。

在〈時間之源〉這章末尾他帶了深沈感嘆寫：

「我們是記憶。我們是鄉愁。我們期盼一個永不到來的未來。這在記憶和鄉愁間闢出了一片平野，即是時間：有時它帶來苦惱，然而最終是無上的贈禮。」

最後一章〈睡眠的妹妹〉，則由個人角度處理人類的大哉問。他坦白說並不怕死，怕的是老朽，是受罪。並且質疑怕死是種無用的情緒，可能來自進化上的錯誤。反正必死，怕有什麼用？「如果這時死亡天使降臨，告訴我：時辰到了。我會立即丟下這未完的句子面帶微笑跟他去。」可是箭頭一轉，指出人並非理性動物，而是受各種生物欲求驅使，根本並不知所爲何來，連究竟怎樣才是懂都說不淸。

無論如何，再怎麼想也越不出自我的迷障：「我們太複雜了，沒法認識自己。」於是他跳出思索放縱感情，進入詩的國度：「短促人生只是我們種種感受的無盡吶喊（⋯）而這吶喊是美的。有時是痛苦的吶喊，有時是一首歌。」在這大悲大喜之間是神祕：「這想必就是意義的根源。就是時間的根源。」

「最後歌聲淡去，止息。『絲線已斷，金碗已碎，噴泉邊的雙耳瓶破了，水桶跌進了井裡，地面復歸塵土。』而這都無所謂。我們可以閉上眼睛，休息。這一切對我而言都似乎公平美好。這是時間。」

E

你可聽到那迴腸盪氣的歌聲，《紅樓夢》裡空空道人高唱〈好了歌〉？

身爲物理學家，若維里把時間變數由量子宇宙中抽除，身爲血肉常人卻必須把時間放回到數學等式無法描述的，有青山綠水也有地獄天堂，在喜怒哀樂愛恨情愁間拉鋸，想不通看不破無法繼續又無法捨棄的人間世界。最後當全書以「這是時間」戛然而止，我彷彿聽到遠遠傳來「世人都說神仙好，只有功名忘不了……」的歌聲。

是的，夢將醒，歌將完，我們隨若維里在時間迷宮裡玩了一場有趣的心智遊戲，之後回到時間長河，依舊操了小舟搖搖往下游而去。

暈眩的星空

似乎，是疑惑迫人追尋，是提問讓撞擊發光，答案誠然遙遙招引，卻如過來人所說，是那求索的過程更加有趣動人（⋯）如果我們注定要受好奇疑問引誘追尋求解，為什麼在某個稀罕時刻，當我們心神寧靜萬惑止息，不思不想不疑不問單單感受回應，是那樣無可言喻的美好？

0

梵谷有幅畫〈星辰滿天的夜晚〉（*The Starry Night*），滿天星辰在深藍夜空上騰扭旋轉，讓人暈眩。

完成這幅畫一年後梵谷自殺而死，才三十七歲。

這麼年輕，一幅畫都沒賣出。想想，幾乎比那滿天旋轉的星辰更讓人暈眩。

1

緬因州有個鹿特島，很小，島上只有六戶人家。美國天文物理學家艾倫・萊特曼在島上有棟小屋，是他和家人過暑假的地方，偶爾冬季週末他也會到島上去。小島無路且無渡船可達，必須靠自己的船。一次夜間他駕了小船，快到小屋時在小海灣停下，熄掉引擎和燈火，然後仰臥船底。無月，四下漆黑寂靜，頂上萬點繁星燦動，宇宙浩浩無垠展開，忽然他覺得自己消失了，化入星空，成為宇宙萬物古往今來的一部分。生平第一次，他有了天人合一的神祕體驗，近似奧古斯丁探觸到上帝。這並沒使他放棄科學投入宗教，但讓他潛心思索無限，寫成《在緬因州的小島上追逐繁星》。

書中提到他很喜歡〈星辰滿天的夜晚〉這幅畫，引用梵谷在一封給弟弟里奧信裡的話：「我對——該動用這個字眼嗎——宗教有極大需求，因此晚間我到外面去畫星空。」

2

英國電影《天才無限家》裡有一幕，拉馬努金對劍橋數學家哈代說：

「除非一個數學定理傳達了神的意念，不然對我沒有任何意義。」

哈代不懂，他是無神論者。拉馬努金是印度天才數學家，也是虔誠印度教徒。他沒有正統數學訓練，然對數字有無比直覺，知曉他人無法參透的神妙。哈代問他數學靈感從何而來，他回答都是神賜給的。死時三十二歲。

《天才無限家》改編自羅伯特．卡尼格爾（Robert Kanigel）的拉馬努金傳記《了解無限的人》（*The Man Who Knew Infinity*）。

一九一三年，拉馬努金寫信給劍橋數學家哈代，就一些數學定理向他求教。哈代並不全懂，但立刻認出拉馬努金的天分，安排他到三一學院來。他在英國四年，正巧趕上第一次世界大戰，戰後回到印度老家，死在那裡。後來哈代說：「其中一些定理我從沒見過，但立刻就看出只有一流數學家才寫得出來。」

3

那一陣，我天天和〈從沙漠開始——不是爲什麼的問題〉折騰，企圖探索一些久遠的困惑。從沒一篇散文這麼難寫的，大題而要小做，眼高手低在內容的重和形式的輕間衝不出路來。多少次氣餒放棄了，過一陣熱情復燃又回去面對，身不由己像單戀一個明知無望的對象*。

是在那將完不完的時候，轉移心神去讀《在緬因州的小島上追逐繁星》。

一向喜歡科學家爲一般讀者寫的書，像物理學家弗里曼．戴森（Freeman John Dyson）、腦神經學家奧立佛．薩克斯等，他們沒有職業作家奔馳靈動的文采，可是有科學家的素樸冷靜明晰，讀來另是一種樂趣。身爲科學家，萊特曼不只寫本行的非小說，也寫小說。他第一本小說《愛因斯坦的夢》以明淨低調的文字，駕了愛因斯坦的夢想就時空做想像無比的飛躍。乍看似散文，其實每篇是個小故事，描述一種特殊時空。就形式和內容，都是一種全新的寫法，讓人眼睛一亮，成了暢銷書。之後又寫了其他小說，但都沒有《愛因斯坦的夢》那樣驚人。他的長篇《鬼魂》（*Ghost*, 2007）處理科學和靈異間的曖昧地帶，挑戰科學家潛藏的獨霸心態，頗爲大膽，可惜比較無趣。二〇一二年的長篇《G先生》（*Mr. g*）從上帝角度敍述創世紀的故事，應是我立即弄來大啖的，奇怪竟然錯過了。

4

《在緬因州的小島上追逐繁星》不是小說，而是一個將近七十歲的科學家對生命宇宙的省思，探索天地神人生死、物質與精神、知識與理性、道德哲學與宗教、文學與藝術種種。簡而言之，從無限大到無限小，所有關乎存在和意義的問題，也正是我在〈從沙漠開始〉裡探討的，偏偏怎麼寫都不對心煩氣燥，看到《在緬因州的小島上追逐繁星》因此像及時雨——許多他講的也正是我嘗試探討的（尤其是他也談到奧古斯丁，可惜只淺淺掠過），所以我不是原地繞圈圈自說自話的瘋子。那幾星期裡，我像充了電格外振奮。

5

那晚，當萊特曼躺在船底，跌到燦爛星空裡化入宇宙大千，忘記了自己，忘記了一切。等他回返地球，完全不知自己究竟出神了多久。

在鹿特島上，他發現自己既不能無事逍遙，也沒法看書寫作，而是放眼宇宙自身，詢問這一切是否有意義。於是面對終極無限絕對，發出一長串古今賢愚聖哲早已提過的問題，試圖解答。

最後自問：爲什麼追求無限追求絕對？

自答：也許因爲達不到。

然而首先微帶不安承認：「從小我就覺得永恆才有意義。如果事物來了又去，那有什麼意義呢？」可是不免又回頭反問自己：難道意義非得和無限綁在一起嗎？何不把握可及的現在此時，享受親朋共處美景美食的樂趣？更何況，意義究竟是什麼意思？然一思再思，他發現自己無法安於短暫可及之物，而必須不懈追尋永恆無限。

這裡萊特曼觸及了問題核心，也就是這種追尋其實身不由己，並非出於個人選擇。

就像梵谷信裡所提「對宗教有極大需求」。

就像拉馬努金熱愛的數學定理。

就像奧古斯丁最後四十年如痴如狂詢問我是誰、自由意志是否存在、時間和記憶的問題與原罪的根由等。

都同樣是身不由己。

歸根究柢，人就是受無限與絕對吸引，就是要不絕進行天問這迷人的遊戲。

佛洛姆在《爲自己而活》（編按：*Man for Himself*，木馬文化版本譯爲《自我的追尋》）裡說得好：

「自覺、理性和想像，破壞了動物生存所特有的和諧。因爲這樣，人成了宇宙間一種變態畸形的東西（…）爲了追求『絕對』而受苦……」

只因我們引以爲傲的靈智點燃亙古好奇，迫使人類飛蛾撲火般投向宇宙萬物以及自身存在的神祕，尋求解答追究意義不懈不休永不滿足。

我沒讀過比這更切中人類處境的診斷了。「爲了追求『絕對』而受苦」，給予人生一種荒謬而又高貴的悲劇感。而「人成了變態畸形的東西」尤其怵目驚心，彷彿照鏡見到了自己扭曲的眞面，想不看見已經來不及——原來萬物之靈的原形是這副德性！

6

書桌上擺了幾個有趣的貝殼和小石，通常我只顧盯著電腦屏幕，忘了它們就在眼前。偶爾眼光一轉忽然看見了，心動拿起把玩，再度充滿了神奇讚歎：它們比面前那奴役我的電腦有趣多了。不必仰望星空，這幾顆石子的身世已夠趨近無限，再偉大的藝術家也做不出這樣的東西來。

我不像萊特曼執迷追求無限。老實說我不知道自己追求什麼，除了擺脫不了的困惑和想要求解的好奇——當然這好奇本身就是個謎。

似乎，是疑惑迫人追尋，是提問讓撞擊發光，答案誠然遙遙招引，卻如過來人所說，是那求索的過程更加有趣動人。而且放眼四看，到目前爲止，不管宗教哲學科學，所有答案都有欠缺。科學太過簡化，宗教太過虛玄，而哲學太過自以爲是，無一讓人滿意。但我還是不時發現自己走到了那條朝聖道上，彷彿腳步自有主張。這樣執迷不捨，譬如無法不寫這篇似在迷宮裡打轉的東西，自己也無法解釋。而暫停一下拿起鍵盤邊心愛的石子把玩，那深切樂趣，同樣也難以解釋。

一個問題的泡泡從疑惑汪洋中升上來：

如果我們注定要受好奇疑問引誘追尋求解，爲什麼在某個稀罕時刻，當我們心神寧靜萬惑止息，不思不想不疑不問單單感受回應，是那樣無可言喻的美好？

好比某些早晨時分站在家門口，聽電線上一隻模仿鳥的絕妙歌聲，不需懂得牠在唱什麼，只因牠在藍天豔陽下那樣放情歌唱，便已足夠。

＊作者注：〈從沙漠開始〉一文最後還是放棄了，目前仍在寫作檔案夾裡「冬眠」，等候壽終正寢，或者某天終於靈思打通，找到一個輕巧又清晰的理想形式，不但自己懂，任何人也都能懂。

輯五

黑暗時節

當世界不敢呼吸

在這遠非史無前例的瘟疫大流行期間，日月星辰照常運轉，季節仍舊準時到來，生活繼續，世界並沒毀滅。然而人間世界在幾個月間已經千瘡百孔難以辨認——好似過了億萬年，滄海桑田，什麼東西已經破壞盡淨，無法復原了。

0　二〇二〇以前

將近四個月了，每天活在懷念裡：懷念從前，懷念去年，懷念昨天。

「昨天」是每一個還沒「感染」還沒「無法呼吸」的日子，是許久以前的記憶，大概有恐龍時代那麼古老；也就是，二〇二〇年以前。

昨天？二〇二〇年以前？美好？

老實說，坑坑疤疤問題一大堆，昨天遠稱不上美好。可是相較當今現在，無論如何好太多——「昨天」有「今天」沒有的正常，簡直天眞爛漫好像童年。

是這鮮明記憶，激我們日日暗自對天祈求：拜託，讓我們回到昨天，回到過去！

1　新冠19

不能不想到〈共產黨宣言〉開篇第一句：「一縷幽靈在歐洲作祟。」稍改一下：「死亡幽靈在全球作祟。」便是當前寫照。

十九世紀纏擾歐洲的幽靈是共產主義，現時籠罩全世界的死亡幽靈是新冠病毒19。死亡瘟疫掃蕩全球這不是第一次，光黑死病便至少三次。但過去不管怎麼恐怖，遠比不上現下隨時可能死掉的懼怕驚心。一九一八年西班牙大流感美國死了五十五萬人，多到有的棺材停在街上，現在沒多少美國人記得。這樣的歷史無知或失憶，爲什麼？

二〇二〇年初，當美國走在中國和歐洲之後開始熟悉新冠病毒這詞，其實已經太晚，多少人已經感染四處傳播，大屠殺已經或即將開始。似乎前一刻我們還在隔岸觀火，同情武漢市民和義大利北部城鎮的駭人悲慘，後一刻便換到自己膽戰心驚保命不及。

剎那間，我們不再是人，而是一團團的病毒雲，一座座的病毒廠。

專家先提示：「洗手洗手洗手不要摸臉！」

然後大聲呼籲：「戴口罩戴口罩戴口罩！」

於是我們成了瘋狂洗手的蒙面刺客，護己也護人。

然後各城各州開始封鎖，實施隔離禁足，保持社交距離。大家都在家關禁閉，隔窗或六步之遙或電腦屏幕相望。遠非天人瞭望，但夠遠。

人人共有的感覺：從沒這樣寂寞過。大家無聲吶喊：放我出去！

昨天和今天，仿如隔世：自由呼吸，或，呼吸自由。

2　明天最後一天

如果每天都可能是最後一天？

第二次世界大戰中，倫敦連續九個月遭受德軍大轟炸。

封城開始後我不斷想：倫敦人是怎麼熬過來的？

根據各種公家史料和私人紀錄，沒人驚惶失措，更沒人精神崩潰。當炸彈轟隆門窗震撼，一對年輕夫妻照常在公寓小廚房喝茶，好似無事。訪問的美國記者問：「你們難道不怕？」答：「不怕。怕有什麼用？」

每天都可能是最後一天，然倫敦人照常生活，火車照常行駛，上班的人照常上班。轟炸帶來不便，有的街整條變成廢墟（一百萬棟建築遭炸毀），許多人炸死。倫敦人傷心抹淚然後鼓勇繼續，沒人發瘋，自殺率下降，大家忘了貧富貴賤同心協力，一天一天過下去。

在那九個月裡，德軍在倫敦丟下了八萬枚炸彈，全英四萬多人喪命。

相對，這時的美國人呢？

封城不到三個月，許多人已經受不了，尤其是年輕人。五月，儘管醫學專家警告開放極度危險，全國許多城市陸續酌情開放，部分商店開門，一些公園和海灘開放，有些人回去上班。人群湧到餐館酒吧海邊歡慶，好似災情已經遠去。很快新冠病例再度驚人飆升，天天創新紀錄。七月初全美一天新病例高達五萬五千人，降不下來。

爲什麼？怎麼可能？有這麼多前車之鑒（台灣、韓國、中國和澳洲、紐西蘭以及歐洲各國）可供參考，美國卻執迷不悟彷彿又瞎又聾。這是個什麼樣的國家？

諷刺的是在這點上，當今的英國人也差不多，也許甚至更糟。

3　八分四十六秒

誰的命算數？什麼人算人？

狄倫的歌問：「一個男人要走過多少路，才算是男子漢？」擴張理解是：「一個人要走過多少路，才算是人？」

狄倫在替黑人打抱不平嗎？無疑黑人心裡特別有數。

誰的命算數？什麼人算人？

這原本不應存在卻打從開始便刻在美國DNA裡的問題，在新冠疫情仍如火如荼當頭再度爆發。

五月二十七日，明尼蘇達州一個白人警察以膝蓋鎖喉八分鐘四十六秒，導致黑人喬治・佛洛依德窒息而死，引起黑人群衆強烈抗議。取代壟斷媒體三個月的新冠疫情，成爲最新頭條新聞。抗議群衆包括黑人白人各種族群，高喊「解散警察！」、「斷絕補助！」。抗議運動迅速擴張到全美，然後到全世界。從歐洲到非洲，有色人種積壓已久的悲憤發而爲城市街頭的高聲吶喊。「黑人的命也是命！」變成全球性的黑人平權運動，每天媒體爭相報導，直到六月底七月初，焦點才又回到急遽惡化的新冠疫情。

六月二十二日的《紐約客》週刊，哈佛歷史學家吉兒・樂波爾（Jill Lepore）在〈暴動報告〉裡審視過去一世紀以來，面對黑人一次又一次的抗議和暴動，美國政府一次又一次的武力鎮壓逮捕拘禁，以及最後成立調查委員會交出調查報告作結的歷史。

一九六四年，國會終於通過里程碑的〈投票權法案〉和〈民權法案〉，一九六五、一九六七兩年又幾度爆發黑人暴動，詹森總統不解又不耐問：

「究竟是怎麼回事？爲什麼發生？要怎麼才能避免這樣的事一而再再而三發生？」解決之道？無他，指派由奧托．肯納主持的調查委員會，研究問題所在。一九六八年肯納交出調查報告，結論：癥結不在黑人，而在白人長久的黑人歧視。詹森讀了大怒，拒絕簽署致委員會的感謝函。結果是如同以前一份又一份的調查報告，歸入檔案累積灰塵，沒人看沒人記得一點作用也沒有。一九七七年兩名記者研究這些調查報告發現：「調查委員會的目的，似乎僅止於讓指派調查委員會的政府看來好像有所作爲，其實卻什麼都沒做。」也就是，政府不肯負起白人造成黑人問題的責任從體制上糾正，最終黑人處境依舊問題畢竟沒能解決。

於是歷史不斷重演，大家不斷像詹森一連串問爲什麼，好似從沒有人研究過已經提出了解決之道。這次也不例外，果然又有一名共和黨國會議員重彈老調，提出成立調查委員會，目的不在「重申問題所在，而在專注於解決之道並且傳達一個強有力的道德訊息」……

「一個強有力的道德訊息？」樂波爾諷刺反問。「那訊息抗議者每天在全國一條又一條又一條馬路上已經傳達得清清楚楚。別再殺我們！」她沈痛指出：「這樣的調查報告已經太多。這條血跡斑斑的路已經踩踏過太多次。」

最後她這樣作結：

「美國需要的不是再一次的委員會調查報告，而是變革。」

4 一首哀歌

美國歌手瑪麗・卡本特的歌〈有時單是天空〉，近來一放再放，有這樣句子：

曾經所有我需要的是我沒有的
最後你成了你所渴望的，或多或少

那淡淡感傷淺淺低迴，正正打到深處。年輕人寫不出，也唱不出那風味。

「……所有我需要的是我沒有的」放在這時，多麼切中！

其實不只那首歌，這幾個月來老在放的音碟，幾乎都是抒情感傷的歌，充滿人生的惆悵無奈。這時節，當世界仿若廢墟，或在毀滅邊緣，似乎只聽得下這種歌，傷感又兼撫慰。某美國歌手說「哀歌最美」，確實。

羅大佑的歌〈童年〉多率眞可愛，立即帶我們回到過去。尤其接近末尾兩句：

> 沒有人知道為什麼太陽總是下到山的那一邊，
> 沒有人告訴我山裡面有沒有住著神仙。

這時節聽了不免微笑，帶著苦澀。因爲到這年歲，天眞早已不再，深知太陽爲什麼落山，更知山裡和天上沒有神仙，有的是人間到處的妖魔鬼怪。人生的驚魂懾魄種種，我們無可避免，已經知道太多。

這刻〈有時單是天空〉又在屋中迴盪：

> 晚上在廚房聽收音機有點溫馨
> 一封寄出的信也是，還有是寫下一串你知道的東西
> 到了什麼都不知道時另外再開一張
> 寫下來感覺很好，從太陽開始……

歌完再放，一次又一次，不覺厭倦。

5 米娜的花園

這幾個月來，六點到七點半之間，氣溫稍涼，我們如常到後山散步，做喜歡的黃昏旅行。不戴口罩，幾乎可以假裝一切無事安好，世界一如往昔浴在金光裡。

我們住在城郊一座小山坡上，出門但見處處草木花鳥，充滿了野趣。好像桃花源裡的居民「不知秦漢魏晉」，我們暫時不知新冠19川普2016。走上後山，看紅日滾落山頭，再一次讚歎夕陽無限好，繼續繞到山背下一道陡坡去看聖帕斯瓜谷地，然後掉頭爬上來步上回程。每天例行儀式，可說是我們的晚禱，給一天打上詩意的句點。

沿途遇見散步的鄰居，三兩零星，有些牽了狗，大多不戴口罩。一天迎面三人走來，都戴了深色口罩如恐怖分子，到了近前其中一人開口問好，原來是對面鄰居米娜，我大驚一時說不出話來。後來散步再碰到她和先生大衛，都沒戴口罩，心情一鬆便回復往常自在談笑，以及必然的，相互哀嘆川普的胡作非爲。

米娜夫妻不只是鄰居，也是談得來的朋友。他們前院不久前經過整治，部分闢成米娜嚮往已久的英式花園。一天黃昏米娜帶我們走過，特別允我隨時可去。之後黃昏散步回來，我常先折到那小花園流連一下，在合歡樹蔭各式玫瑰百合扶桑等花中間，悠然忘世了。某日黃昏散步回來，碰見街頭鄰居史提芬（也是好友）帶了愛犬小皮，我特地帶他進小花園，小皮立即興奮四下聞嗅，史提芬也充滿興味和B談笑欣賞。爲了指一簇花給史提芬看，我觸了他手臂一下，事後想到嚇一跳：完全忘了保持距離！幾天後遇見我提到這事，他根本沒注意到，也不在意。

6　白宮裡的流氓

在這遠非史無前例的瘟疫大流行期間，日月星辰照常運轉，季節仍舊準時到來，生活繼續，世界並沒毀滅。然而人間世界在幾個月間已經千瘡百孔難以辨認——好似過了億萬年，滄海桑田，什麼東西已經破壞盡淨，無法復原了。

只因除了新冠19，另有一個我極不願提，與病毒不相上下的災禍：川普。

川普闖入白宮四年來，美國便大步跌落，從失去理智到失去人性，從荒誕劇走向大悲劇。種種違法亂紀倒行逆施難以列舉，譬如：

每天編造謊言歪曲事實，上演趙高對秦二世顚倒黑白指鹿爲馬的歷史故事……

不絕以網路和媒體爲個人舞台自我吹噓，上演轉敗爲勝反失爲得的阿Q式精神勝利……

這是無法無天，「流氓治國」——借用黃寶蓮多年前寫中國大陸的絕好書名。

甚至是，「狂人治國」——他有多種精神或人格異常的症狀，心理上是個從沒長大的三歲小兒，如他姪女精神科醫師瑪麗．川普在披露家族祕辛的《再多也不夠》裡所寫。

大陸作家方芳在《武漢日記》裡，以「慘烈」來形容武漢人封城時期的可怖經歷。川普治下的新冠疫情種種，不只慘烈，而且愚騃無知到令人掉淚。無以形容，只好端出孔老夫子的「糞土之牆」，和「老而不死，是爲賊」。

確實，他正是個賊：

卑鄙下流無恥——德之賊；詐騙脅迫欺瞞天下人——竊國賊。

《西遊記》裡的妖魔都夢想一件事：吃唐僧肉；而川普一心一意要吃的肉是：

一、歐巴馬——把他的任何政績從美國歷史抹掉。

二、獨裁專制——把美國社會和法律裡僅有的道德良心公正合理徹底鏟除。

無知低能腐敗專橫濫權，數不清的劣行。他不但是個不合格的總統，更是個不合格的人，殃及全世界的禍害。

周處知道除三害，川普不是周處。

有這一號物事盤據白宮，讓人不解，讓人恐懼，讓人無法呼吸。
七月四日美國國慶，黑白大字閃過腦際的是：
這就是美國，號稱全世界最偉大的國家?!
每天我震驚到說不出話來，第二天重又震驚一次。
一個人能禁得起多少震驚？一個國家能經得起多少敗壞？
要死多少人這個國家才能覺醒？
這樣的國家還能算民主嗎？

7 一張新單子

再怎麼難以想像，新冠風雲遲早會成爲過去。
而明天，明天是個大大的未知數。
效法歌手瑪麗，重開一張新單子，寫下一些我知道的：
太陽、星辰、天空、海洋、山林
父母的記憶、遠方的親朋，和附近的鄰居好友
李白、杜甫、王維、蘇東坡

新摘的橘子、一盤翠綠的炒青菜
每天黃昏散步，淡紫的層層遠山
忘情歌唱如整個樂團的百靈鳥
蜂鳥、鶺鷹、白鷺、啄木鳥
所有我愛的書和作者
所有打動我的歌
……

（二〇二〇・十・十二　定稿）

天空下

誠然天空只有一個，正如我們只有一個地球，可是每日的天空不同，每人經驗的天空也不同。在這意義上，天空確實是複數，土地也是。

0

給我一片天空，一條山徑……

是個沈在意識深處的想望。但不敢放情去想，不敢讓它浮到表層，不敢和那熱切正面遭遇——只因每次都像給人重重打了一拳。

1

「呼吸！深呼吸！」練身時B總不忘提醒，我也總微帶懊惱回：「我在呼吸呀！」

然而眞正呼吸，你必須走出去，到廣闊的天空下，像夸父追日一樣大步行走，唯獨不追趕什麼，只爲了行進。

2

古人說：「天行健，君子以自強不息。」

一直很喜歡這句子，就是念念也足以振奮起來，除了「君子」這詞。時代不同了，或者人人都是君子，或者人人都不是。君子與否，我們，不分男女老少性別膚色種族國籍教育程度或任何可以想見的分類法，都是同一種東西：人。

換個詞便恰到好處：「天行健，人人以自強不息。」

我指的是眞正的「人人」，及於所有人。不像美國〈獨立宣言〉裡「人人生而平等」和「人人都有追求快樂的權利」，字面漂亮大方，其實只限於少數一撮人：有產階級的白種男性。（美國早期憲法裡，黑人只算是五分之三的人。）

離題了。我要說的不是人間不正不公，而是大地天空。

我想的是約書亞樹國家公園、沿加州三九五號公路的內華達山東麓，以及散佈科羅拉多、新墨西哥、亞利桑納等州的山水和沙漠（其他更多地方就不提了）。

3

總是這樣，每當面對電腦或窗戶，看見屋外大片藍天，那想要出去「行健」，也就是，大步行走大口吞吐戶外空氣的感覺便衝上來，激我推開座椅出門去，哪怕只在自家後院幾分鐘也好——難怪「衝動」有個「動」字。

房屋，這人類文明給自己建造的庇護所，讓我們得以舒適安全生活的小小王國，最終成了禁錮我們的監獄，需要不時脫逃的牢籠。

逃到哪裡去？無他，廣闊的天空下。

不必是藍天，陰天也好。

重要的是，沒有屋頂和牆壁阻擋，視線自由了，腳步自由了，心自由了。

在《衛報》網站閱讀版〈每日一詩〉讀到，俄國詩人依仁娜・拉徒辛斯卡亞（Irina Ratushinskaya）在獄中寫的〈布提亞卡的麻雀〉（"The Sparrows of Butyrka"）詩裡有句：

且讓我們朝排氣口噴吐菸霧，
讓我們至少放煙氣自由。

最後這樣結束：

要了解鳥
你得成為囚犯。
若你餵牠們自己的麵包，
這表示你的刑期已滿。

不敢說懂。沒坐過監獄，也許沒資格說懂，只覺受打動了。

4

生活大體是，從一個房間換到另一個房間，從一條街換到另一條街，從一棟建築換到另一棟建築。

在永和長大時，在巷道馬路騎樓間來去，沒意識到給建築阻擋割裂，那天空多狹窄破碎，像一句詩說的：「連藍天都彷彿經過配給。」等離開台灣到了土地遼闊的美國，才見識到什麼叫廣大。

難忘第一天清晨到安娜堡的印象：街道多麼寬！天多麼大多麼藍！

那廣大帶來空前的喜悅，原來內心深處一直渴望掙脫空間的束縛而不自知。

當然，這廣大寬闊立即便推及整個美國，包括地理和心理上的：美國是個人人憧憬的地方，美國大夢是全世界人的大夢。這裡的廣大代表機會，代表生命種種閃亮的可能。這個夢大到不可能個個成眞，舊金山的馬路不是用黃金鋪的，就好像天堂沒有玉樹瑤池——如果稍停一下用心想想便會知道。

無論如何，人人都有作夢的權利，更何況作夢不要錢。

直到生活其中，明白了所謂機會和大夢的眞義。不然，看看新聞讀讀美國史便知：美國大夢底下，藏了大幅度的美國噩夢。

5

掉進新冠病毒19黑洞已經半年，那可恨病毒漫遊全世界玩得不亦樂乎，尤其在美國。

一次又一次的禁足令下，絕多人坐困屋中，天天在家裡旅行努力不發狂，簡直夠寫一大冊《在自己房間旅行》（編按：*Voyage autour de ma chambre*，《在自己房間裡的旅行》，網路與書出版）。

其實這書早有人寫了，我以前也提過。簡短說，十九世紀，年輕法國貴族軍官薩米耶·德梅斯特因違反軍規決鬥，被判在家關禁閉四十二天，激發他駕想像的天馬神遊天地古今，寫成既淺且深別致風趣的《在自己房間旅行》[1]。

處於半禁閉狀態，無疑我也有足夠條件效法德梅斯特。

首先，受困四個多月（而且望不見盡頭）遠超過區區四十二天。其次，他房間三十六步便可繞一圈，我家客廳（我花時間最多的地方）大概要兩倍。雖不像他滿房值錢事物，卻無一不是寶貝。像我書桌上的四顆石頭個個奇特，每看一眼便有宇宙天地破牆而入的效果。至於散佈眾書架上的化石、陶器和更多來自各處的石頭等，套《紅樓夢》的說法，都各有來歷，隨手就可成一篇〈在自己房間旅行〉。只是目前厭倦屋中，亟於效鯤鵬展翅飛越重山。飛不出去，剛好趁機重訪這本小書。

最後一段特別有意思，尤其這時看，所以抄在這裡：

「然而，我深切體會到我的『雙重面』：當我遺憾不能再神遊想像世界的同時，卻又感到安慰，因爲內心一股祕密的力量拉扯我，告訴我：我需要新鮮空氣與藍天大地，寂寞獨處像死亡壓迫著我——我裝扮整齊啦；——房門打開啦；——我在波街上的門廊騎樓間漫步；——千百個熟悉的影子在我眼前飛舞；——對，就是這棟宅院——這扇門；這座階梯；——想到要重回這個熟悉的世界令我心驚膽寒。」

嚴慧瑩譯文有時輕快，特別是這段裡的兩個「啦」，天眞爛漫讓我微笑直到最後四字。

6

剛巧，二〇二〇六月底《紐約客》有篇影評家大衛・丹比的散文，談重讀杜思妥也夫斯基的《罪與罰》，以書末主角的一場夢開篇，有點長就不照抄，簡述一下：

「他夢見人類滅絕了。因爲某種不明惡疾從亞洲傳到歐洲，絕大多人都染病而死。惡疾來自某種新型寄生微生物，患者立刻喪失心智而瘋狂，變得傲慢無比，自以爲擁有堅不可摧的眞理，絕不讓步動搖。從整座城市到整個國家都感染發狂，人人陷入恐懼，無法了解他人，無法溝通。大家不知道該裁判誰或怎麼裁判，無法同意什麼是邪什麼是正，不知道該控訴誰平反誰。」

杜思妥也夫斯基寫的是十九世紀俄國，然而無異當前美國，所以丹比震驚之餘，覺得必須一句不漏整段抄下來。小說裡的傳染病症狀雖和新冠19不同，但主要部分，如感染範圍之廣死亡率之高，和大家無法了解溝通不能分辨是非善惡（事實上這點和傳染病無關），任何對當下美國略有所知的人，無不一眼就能認出而暗自驚駭。

小說家不是預言家，他們的「職責」在編造故事娛樂讀者。只不過有時他們的想像力太快太準，不但嚇到讀者，更嚇到作者自己。他們實在無意給未來寫劇本，單是演練最壞的可能自娛娛人而已。

7

英國女作家珍妮．迪斯克（Jenny Diski）以犀利敢言機智詼諧著名，六十幾歲死於癌症，她的詩人丈夫伊恩．派特森（Ian Patterson）在悼文裡追憶：

「她在晚餐聚會上談笑風生語驚四座，過後便陷入低潮，對自己博取掌聲好似熱愛社交的演出厭憎到了極點，得在床上躺兩三天才恢復過來。其實她是個十分孤獨的人，寫作時最開心。」

讓我想起也有憂鬱症的三毛，她說過見到朋友雖好可是過後便筋疲力盡。

即使天性孤僻罹患憂鬱症的作家，內心深處還是需要他人，需要偶爾朋友共聚一堂把手言歡。電話不夠，網路不夠，雲端會面不夠。任何科技只是蒼白的贋品，都不足以取代對面笑談相濡以沫[2]的實在。

8

「人的社會性在於：人需要看人，也需要被看。追求隱私和自我的同時，也需要走出門去，在街上、在店裡微笑相見，看看彼此的血肉之軀，問聲：『你好嗎？』我們不是電子，不是遠方的聲音和訊息。我們不是概念，是人。」

這段話來自我一篇專欄〈人的空間〉。這樣自我援引有個緣故，不久前寫作當中，爲了確定某段文字不是在自我重複[3]而去翻閱舊作撞見，剛好切合本文題旨因而放入。〈人的空間〉收在我二〇〇一年批判美國郊區的散文集《空間流》裡，談空間設計規畫，從建築和室內空間進而談到城市和公共空間，重點在必須將人的感情需求考慮進去。這時看不能假裝不驚：「老天，寫的不就是現在嗎！」

當年不過順人心邏輯一路寫來，萬萬沒想到有朝一日會親身經驗測試。而慚愧得很，眞眞脆弱不堪一試。

9

好萊塢電影《綠野仙蹤》裡，茱蒂．嘉倫唱的〈飛越彩虹〉，歌詞有兩句：

越過彩虹有個地方
天空是藍色（skies are blue）

原文「天空」用複數，我總嘟囔：天空就一個，哪來複數！幾次問B，他也總有一套說詞：不同地方的天空不一樣。

在我看來沒解釋，因爲複數與否無關重點[4]。中文譯成「天空是藍色」，不顧及單數複數而完全無傷。

這是個和天生說英語的人講不清楚的「非問題」。一來他們從沒注意到，二來一旦有人提出也不覺得有任何問題，三來被逼急了就生出一套似是而非的道理來塘塞，我聽了只能搖頭取笑。

有趣的是，在腦裡翻攪久了竟逐漸轉圜，覺得這裡複數也未嘗不可。

誠然天空只有一個，正如我們只有一個地球，可是每日的天空不同，每人經驗的天空也不同。在這意義上，天空確實是複數，土地也是。

10

美國作家詹姆斯．鮑德溫（James Baldwin）寫美國作家到了歐洲，覺得「好像出了黑暗隧道來到開闊的天空下」，因為歐洲人尊重知識和作家。

無疑，就這點而言，美國的天空和歐洲的天空不一樣，正如台北的天空和北京的天空不一樣。退一步看，光是美國，白人的天空和黑人的天空不一樣，男人的天空和女人的也不一樣，可以這樣廣泛類推下去。

一張臉無數表情，一片天空千萬氣象。簡單而又不簡單，如果想想的話。

寫到這裡，不能不問一聲：你那裡可是藍天？

（二〇二〇．八．十四　定稿）

作者注：

1 德梅斯特後來又寫了續集《黑夜探遊》（*Expédition nocturne autour de ma chambre*），也是環繞房間進行。可惜沒前書好看，雖然還是風趣。也許是作者沒有了當時遭受軟禁之苦的原動力，因而無法再創第一次的迫切和新鮮感。他哥哥當時反對出版畢竟是對的，續集永遠比不上原作。

2 然而我不免從事某種形式的重複。我的思想有固定模式，我的思路常循同一途徑，我總在探索空間問題，尋找最有人性最經濟最合乎環保的建築和城市設計。

3 諷刺的是，在這瘋狂時期，相濡以沫喚起了可怕的聯想：病毒，感染，種種。

4 英文文法常有這種過度強調單複數的「死規矩」，反應西方思想處處綁著「理性邏輯的枷鎖」。相對中文便「大而化之」，灑脫許多。我從沒想過天空一個兩個的問題，直到撞見〈越過彩虹〉這句歌詞。

知了知多少

——重逢懷特

在他的世界裡，晴陽固然可喜，陰雨也不必哀嘆。且看總在水面樹幹上曬太陽的烏龜：「儘管沒有知識，牠們知道怎麼生活。」

所有我想在書中表達的，是我愛這個世界。——懷特

0

最近在書架上發現《懷特在〈紐約客〉》（*Writings from The New Yorker 1927-1976*），隨手一翻大覺有趣，於是每天看一點，越看越投入。一向愛懷特的散文，曾經不時重溫。可是這本二手書當年覺得乏味看不下去，在書架上罰站積灰多少年，這時節

卻覺處處驚喜深深共鳴。不禁自問：什麼變了？

無疑，太多太多。外在憂患（疫情肆虐和種種天災人禍）加上年歲心境，在在感染這艱難的一年。教我們看事看人眼光要放大拉長，不但要看得廣，而且要看得深。在這望遠兼顯微的雙重透鏡下，一切大爲改觀。所以是，眼光變了。

這書收了懷特在《紐約客》週刊四十九年間寫的隨筆和短評，身後經家人收編而成。信手拈來而無所不包，不管是談季節鳥獸文學科學，還是點評時事歷史，處處充滿了典型懷特的散漫風趣，親切而又雋永。

1

頭一篇〈生命〉短如散文詩，通過蟬鳴寫一隻知了的一天，大意是：

「一個炎熱早晨，一隻知了唱：『熱。』到了十一點又高唱：『愛。』到了下午因爲熱情累了又唱：『死。』晚餐後他將熱、愛和死織成最後一句詩，用不再響亮的歌聲壯烈唱：『生。』」

在台灣鄉下長大的人都熟悉蟬鳴，我直到住在紐澤西時才經驗到蟬聲大噪，彷彿無數機關槍不絕掃射，震耳欲狂。知道蟬每十七年出土，交尾大事辦完便告別天地，卻沒想到牠們在說什麼。懷特這篇點出了那生死的悲喜劇，有點禪味。

2

有四篇寫梭羅，篇篇不同而各有精采。

第一篇〈個人主義者〉我幾乎一口吞下，或者該說幾乎是口鼻兼用吸進去的。

懷特深愛梭羅，書架上總有一冊《湖濱散記》口袋本，隨手可及，看到幾乎破爛。因爲他相信：「每人一生只看一本書，我的是這本。不是我見過的書裡最好的，但對我來說最順手。我總帶一冊在身邊，像有人帶手帕——以備腸胃不適或傷心欲絕時用。」看到這裡不禁搜索腦袋尋找我的「那一本書」，發現雖然有些書一讀再讀，可是似乎沒那樣一本絕無僅有的「生平至愛」，而是古今中外皆有散佈在書架各層——我缺一不可的「大家庭」。幸好我也愛《湖濱》，梭羅正是我這大家庭的一員。每當覺得委靡發霉便抽出《湖濱》讓自以爲是的他罵一罵，覺得這人傲慢得可愛，像個壞脾氣的好兄弟。

且說這篇〈個人主義者〉，區區一頁半便抓住了梭羅神采，輕巧一篇勝過大部頭傳記。因爲實在喜歡（起碼看了五遍），我把整篇譯成中文玩玩，看能否捕捉懷特風味（不容易）。且引幾個佳句：

「對許多飢餓讀者來說，《湖濱》一下吃完太難消受，句句都像醃鹹魚醬，既鹹又膩，搞得人反胃丟下了。」

「大多時候他什麼都不想干預——只想觀察和感受。『是什麼妖魔迷了心竅讓我這麼規矩？』他寫——這句是百分之百的醃鹹魚。他死時吐露了我們聽過最虔誠的宗教思想。他們問他是不是和上帝和解了，答：『我不知道我們吵架了。』」

最長一篇〈湖濱訪客〉，寫他奉參議員麥卡錫之命陪訪華登湖。沿湖懷特必須不時抽出口袋本《湖濱》朗讀片段，以便麥卡錫從中挖掘梭羅可疑之處（如共產思想或反美心態），尋求嫁罪指控的把柄。從頭到尾荒誕可笑，麥卡錫狂妄霸道不說，還老叫比他長十歲的懷特「年輕人」。

可惜援引片段都太長，不如說說當時歷史。

一九五〇年代麥卡錫宣揚反共思想煽動赤色恐懼，羅織罪名迫害知識分子和作家藝術家等，毀了許多人。懷特這篇寫於一九五三年，麥卡錫正大權在握有恃無恐，他的言論和當今美國極右分子的口號一式一樣，似乎美國政治只不斷原地兜圈子，唯恐一不小心趕上先進歐洲國家的福利社會理想，美國就玷汙不「純」了。

3

〈憲法〉這篇對我別具意義，因我學法律，卻歧路走上了寫作。

起草〈獨立宣言〉的傑佛遜曾在信中說：「除非憲法應合時代需要經常修改，不然形同廢紙。」懷特以這件事開場隨即跳到當代：「對憲法的無上尊崇今年又升到了新高。」有趣的是：「《憲法》不但不是件神聖文獻，甚至不合文法。」問題在這句：「我們，美國聯邦人民，爲了組成一個更完美的聯邦……」那所謂「更完美」讓好些文法家消化不良：「因爲完美沒有程度可言。換個細心點的草擬作者大約就會寫『爲了組成一個完美聯邦』——而這是我們立國長老不敢預測的，即使僅僅是爲了合乎文法。」

美國憲法充滿了過時的破洞，因此後來需要添加修正條款。因爲是法律基石，地位崇高有如神諭，輕易不可動搖。然而憲法像任何法律條文，運用上都需要經過解讀，正是在解讀這關上會出現歧義，有的人因應情況做擴張解釋，有的人相反做限縮解釋，有的人則把憲法當作化石全看字面理解。大學時我最喜歡憲法那堂課，因爲它告訴我們法律背後道德和哲學的源頭，教我們社會通過法律究竟在保護什麼，尤其是白紙黑字的條款卻能有衆多解釋讓我大爲驚奇：「銘金勒石的東西不是黑白分明嗎？」顯然不是。

懷特在這裡經由一個用字瑕疵，淡淡諷刺把憲法當《聖經》膜拜的人，也順便把一絲不苟的文法家消遣了一下。寫於一九三六年，這時看來毫不過時。美國正如立國長老擔憂的，不但遠非完美，而且不斷倒退簡直不及格了。

4

本來看這本書，爲的是那些速寫鄉間情調的部分，以便暫時避世小憩一番。忘了懷特能點石成金，在他筆下無事不新奇可喜，彷彿透過孩童之眼。在〈科技進步〉裡他嘲諷科技帶來的「進步」，不是因爲他保守過時反科技，而是看見背後隱藏的高昂代價，不能不質疑所謂進步的眞義。

科技和進步間的關係是個老問題，自古有之。新是否就代表進步？而進步是否就一定比較好？「倉頡造字，天雨粟，鬼夜哭」的傳說，顯示了前人對新事物本能的不安。後世更不斷發現，科技越發達，投下的陰影也越大。

善於創造異世界的美國小說家娥蘇拉．勒瑰恩說：「我不主張進步。我認爲進步這觀念有問題，通常是有害的錯誤。我有興趣的是變化，這和進步完全不同。」她常在奇幻小說裡並置不同型態的社會，激發讀者探索同與異、我者與他者的意義。

其實，科技和破壞是一起來的，科技加速破壞也加速，後果累積到了今天，我們恐懼的不再是局部暫時的破壞，而是無可挽回的物種滅絕和人類最終的自我毀滅。

因爲文字氛圍（沒有電腦、手機、網路、太陽板等），懷特時代乍看久遠，其實才不過五十年前。那時人類已歷經兩次世界大戰，兩顆投在日本的原子彈，彷彿一次又一次演練浩劫末日，之後冷戰越戰和全球不絕的零星戰事以及各種「瀕臨毀滅邊緣」的危機，太多不可想見的恐怖和威脅埋伏在前，無疑他已深深感受到，難怪字裡行間暗藏隱憂。不同在他能輕描淡寫，不大喊「狼來了！」，而帶笑嘲諷旋轉門、照X光和股票市場等，可是我們很清楚他在說什麼。

5

懷特散文可說承襲了英國十八世紀散文機智詼諧的傳統，又帶了美國的平民風味，不賣弄不尖酸，樸質淡雅而清新生動。我愛他的潤澤，也愛他時而的譏刺。這時忽然想到，他的平實含蓄與梭羅的剛硬辛辣正好成鮮明對比，雖各有可愛然我寧取平實含蓄。

有兩篇談幽默，在文學與漫畫並重的《紐約客》裡再恰當不過了。

〈幽默的矛盾〉提到大多美國人都自以爲具幽默感：「美國充滿了滑稽漫畫和喜劇演員。」矛盾的是美國人又輕視幽默，懷疑任何受幽默「汙染」的事物：「幽默沒有地位，除非觸犯者死了。」

〈和幽默談情〉出於一封讀者投書，送來法國經濟學家兼哲學家普魯東的〈幽默頌〉，如：

「一個愛笑的人比一個祈禱的隱士或爭辯的哲學家更接近理智和自由一千倍。」

「幽默——眞正的自由！——是你引導我……免於科學的自以爲是，免於對激烈改革者的讚揚，免於對這廣大宇宙的恐懼，免於自得自滿。」

高明的幽默難求，偶爾遇見讓人耳目一新，立時聰明了許多倍。普魯東的歌頌熱烈響亮，有趣的是把幽默和自由擺在一起。遲鈍如我，得想了又想才會過意來。原來幽默必須跳出邏輯的框框，像孫悟空跳出如來佛的手掌心——這是最難的。

6

懷特最引人處，在他兼具孩童的天眞與詩人的透澈，讓人會心微笑。

〈祖父鐘〉從一首民謠說祖父死後祖父鐘也就遽而停擺，談到家裡妻子家傳一百六十年的老祖父鐘，一次他們取下鐘錘，老鐘並不立即氣絕停擺，而「基於慣性，或性格，或兩者都有，加上任何東西，不管有生無生，都不願放棄生命的本能」，又跑了十分鐘才停。多年來那鐘始終運行無礙，準確報時。

〈滾動草〉寫一次他在紐約街頭看見風催滾動草飛奔而來的奇景，細看原來是人家丟棄的耶誕樹，忽而感悟：「紐約似乎能複製任何自然景象，如果心情好的話。」

7

最後一章多是簡短悼文。從死亡開始，其實談的是生命，充滿了詼諧與深情。首篇〈末日〉語調輕快，寫英國科幻作家威爾斯在最後一篇散文裡宣稱：「所有我們以爲是生命的東西已快到盡頭，就在指尖了。」懷特嘲弄他所以會這樣大言，可能出於感覺自己大限將至。因爲對作家來說，兩者有時不可分：「每次有個作家死了，世界也就跟著死了。」他希望這次威爾斯錯了，無論如何人難以預測。「星期一，人可能以爲在劫難逃瀕臨瘋狂，到星期二你卻發現他開了家『末日酒吧兼烤肉館』準備好再來一千年的怪異驚悚。」

這篇寫於一九四五年，用來描述現在恰恰好。我們曾收到鎮上一家館子廣告，在加州上下新冠病毒仍如火如荼當頭，邀我們參加「後」新冠慶祝。後來在收音機上聽到，紐約市有家館子特別發明了一道甜點，做成新冠病毒模樣以資招徠。在大瘟疫的波濤上衝浪，人類的生機創意果然難以預測。

8

將近一個月裡，每天沈浸《懷特在〈紐約客〉》，隨他進城下鄉。沿途未必總是雲淡風輕，遇見一場緬因或紐約的風雪也無傷。在他的世界裡，晴陽固然可喜，陰雨也不必哀嘆。且看總在水面樹幹上曬太陽的烏龜：「儘管沒有知識，牠們知道怎麼生活。」

不能不想：有這麼多發現和發明、知識和科技、征服和控制，人類究竟知道什麼？似乎知了知道，烏龜知道，眾多草木鳥獸知道。

此外，我相信，懷特知道。

（二〇二一．三．十三　再改）

空中有微音

——從讀《風聞》談起

設使我們像世界各地原住民那樣懷抱謙遜，對宇宙充滿敬畏感激，知道天地萬物一直不停以各種方式向我們傳送訊息，而願意停駐聆聽，或許能取得一點對現在未來的指示。

1

看書當中，偶有驚歎不已的時候。

對我而言，一本書究竟是多好，全看有沒有「觸電感」。所謂觸電，自然純是情緒反應，即是眼睛發亮，腦袋所有燈泡打開，靈感如火山爆發，豁然有了許多亮閃閃滿空飛舞的新點子，這是觸電的充電效應。彷彿才氣像血液，是可以輸送轉移的。

兩年前看英國作家希拉蕊．曼特爾的回憶錄《丟魂了》（*Giving Up the Ghost*）是那樣，現在看莎娣．史密斯最新散文集《風聞》（*Intimations*）也是。

史密斯才氣過人，二十四歲以長篇小說《白牙》獲二〇〇〇年柑橘文學獎一舉成名，之後以穩定的腳步持續創作（但不多產），從長篇小說到短篇小說到散文和議論，從出身低微黑白混血的倫敦小市民到劍橋畢業生，到躋身紐約大學的長俸教授和國際知識分子，跨越種族階級性別和國界，她有多重身分好幾條聲帶，是當代英國的重要作家。必須承認，我偏愛她的散文。

2

史密斯的散文向來風格獨特，從《改變心意》（*Changing My Mind*）和《感覺自由》（*Feel Free*）兩本文集便清楚可見。她的文字融合了促膝談心的親密、市街語言的跳脫，加上不怕挑戰權威成見和經常的自省更新，歡暢淋漓而又犀利切中，最好的形容是：精采痛快。《風聞》也不例外，特別在這書的即時性和緊迫性。

一反前兩本散文匯集舊作而成，《風聞》是本緊扣現實的即時創作，可說是在時代洪爐中烘烤出來的「新世界現形記」。這「時代洪爐」無他，是新冠病毒19全球大瘟疫兼多種天災人禍並行的人間不幸，她稱這前所未有的大恐怖「全球卑屈」（the global humbling）。在這一切驟然顛倒失序的世界裡她迷失了，到需要閱讀希臘哲人尋求指點的地步。這本書便是她由生活出發的一些見聞紀錄，是私我的記事省思，不是公眾演說的宏大議論。如她在序裡說的：「將來會有許多有關二〇二〇年的書：歷史性、分析性、政治性和全面性的。這本都不是。」

全書由「六篇」（第五篇其實包括七篇）關係新冠19世界的即興短文構成，基本上寫一件事：如何在一個翻船的世界裡不滅頂不瘋狂不失去人性而從中學習。從隔街道鐵欄望見公園裡的鬱金香恨不能是牡丹開始，到修指甲店裡給她按摩的中國老板，到中央公園背了「我是個痛恨自己的亞洲人，我們談談吧！」招牌的年輕亞洲人，到街上擦身而過的遛狗老婦，到倫敦巴士站遇見的老鄰居等，任何些微星火都足以點燃空氣觸發思索。比如在第三篇〈做點什麼〉裡，她認清了寫作就像烤蛋糕，不過是另一種「做點什麼」打發時間而已。大家這樣奮力「有所作爲」最後讓她安了心：「我發現我不是地球上唯一不知生命所爲何來的人。這一大堆時間若不塡補怎麼打發？」

所有這些零散片段彷彿各自獨立不相關連，其實每件都是一條線索，展示個人和社會現狀，點亮背後的深廣複雜。若不斷挖掘擴張，每篇都可以發展成《紐約客》式的長篇專題特寫，甚至單獨成書。

最有力的是〈附記：輕蔑有如一種病毒〉，給了我們一個審視種族歧視的新觀點。提出也許歧視背後眞正的心理，不是仇恨而是輕蔑。輕蔑不像仇恨那麼激烈搶眼，可是若把兩種心態當作病毒看待，輕蔑病毒比仇恨更不知不覺，更容易滲透傳播，傷害也就更大。她先描述特屬於英國型的輕蔑：階級輕蔑、技術官僚輕蔑和哲學家國王輕蔑，在這類輕蔑面前：

「你根本得不到像其他人的考量，你是個連一個人都算不上的東西，是個不完全公民。好比……五分之三＊。你是種統計……毫無分量。」

從英式輕蔑進而談到美式輕蔑，由黑人喬治遭白人警察鎖喉殺害暴露的美國黑人歧視，指出在歧視者眼中：「黑人沒有資本，連勞力都不屬於自己；對他們白人可以爲所欲爲；不管受到什麼待遇都無處可投訴。」這緊鎖的三條鏈讓美國型病毒格外歹毒致命，因而自認心無歧視的白人張口卻冒出白種至上的話語，這種例子比比皆是。

這裡史密斯分析描述輕蔑的醜惡廣泛，以爲經由暴露它的眞相讓大衆了解這病毒流傳之廣毒害之深，就可能因此獲得群體免疫解決問題。然而最後黯然覺悟：「現在我不這樣想了。」

3

英國另有一個絕頂才氣的同姓作家，艾莉．史密斯，也是在「時代洪爐裡烤燒餅」，追隨英國脫歐運動、移民政策等許多議題，不過她捧出來的是小型長篇小說，而且比莎娣．史密斯更早，從二〇一六年開始一系列騎著現實烈馬載馳載奔記錄演繹的四部曲，每年一部，《秋季》、《冬季》、《春季》一一準時出爐，完結篇《夏季》才剛出版，速度和品質一樣驚人，英美評家一致讚美——這是旁話但不能不順便一提。

回到莎娣．史密斯，最後一篇〈風聞〉丟開夾敍夾議，改以如詩如歌的吟唱歡敍她生命中重要的人，從父母親朋、作家歌手到丈夫子女，長不過幾段短則一兩句，像齊白石的花鳥水果，隨手一揮而神韻飛動。

最後一則〈巧合〉回到自身，以她出生時間地點「不過是一則歷史上的幸運」開始，到「我身體和道德上的懦弱從沒眞正受到考驗過，直到現在」結束。

從頭到尾，不管是往內看自己還是往外看世界，她都兩眼大睜看得清清楚楚。我們隨她一路停聽看，順便感染一點她的敏銳洞察。數不清多少地方，我衷心點頭贊同。

4

「風聞」這字原文 intimation，史密斯用了幾次。起初我不太確定字義，查字典是暗示、風聞，還是覺得似懂非懂，似乎指的是隱約的訊息、恍惚有所知。

我不免想，設使我們像世界各地原住民那樣懷抱謙遜，對宇宙充滿敬畏感激，知道天地萬物一直不停以各種方式向我們傳送訊息，而願意停駐聆聽，或許能取得一點對現在未來的指示。這大概便是一種風聞。

就像你從這篇短文聽到有關《風聞》這本小書的點滴，也不過是一種風聞。

＊ 作者注：美國制憲之初，黑人不算一個人，只算五分之三，後遭廢除。

和酋長散步

酋長不語。他從不說廢話。
你知道那沈默的意思。

從自然生活轉移到非自然生活，導致了我們精神和道德上的重大失落。
——歐西冶薩

1

就這樣，一句話讓你縮小了。
只因酋長說：「所以好好過日子，不要怕這怕那。」
你無語低頭，然後抬頭望著酋長。

酋長一眼看穿，半笑責問：「怕什麼？爲什麼怕？這只能問你自己。」

你從來不是個勇敢的人，有情急時說謊保命的勇氣，見了毛毛蟲必果敢逃命。

你害怕許多東西：怕黑、怕痛、怕熱（冷倒還好）、怕蚊蟲（你是蚊子的大宴）、怕噪音、怕髒亂（髒比亂更糟）、怕苦、怕酸怕澀、怕甜膩油膩、怕說假話裝笑臉、怕女人臉上塗紅抹綠、怕寫的是糟粕、怕病怕老怕死……還有，怕恐懼本身。過了某個年紀，你不知不覺活在一連串的恐懼裡。

你知道不管再怎麼努力，也做不到像酋長那樣勇敢堅強。

2

你和酋長去散步，走到後山看日落。

又是滿天燦爛輝煌的晚霞。

「夕陽無限好，只是近黃昏。」話一出口你立刻後悔了。

酋長不語。他從不說廢話。

你知道那沈默的意思：「每個黃昏，像每個日出，長短都恰恰好。」

你補充：「我只不過希望它再長一點點，幾分鐘就好。」

酋長低頭看看你，彷彿要說什麼，畢竟沒說。

你又懂得了酋長的意思：「幾分鐘夠長嗎？多久是夠久？多少是足夠？」

3

酋長每一開口，你就知道自己比前一刻更加心虛。

「善用生命，珍惜每一件美好的事物。」

「做任何事，力求盡善盡美。」

「幫助族人和需要幫助的人。」

「尊重所有人，但不受侮辱，不屈服。」

「不要以自己的宗教強加在別人身上。」

「尊重他人的看法，他人也就尊重你的。」

尤其是：「早晨起床，感謝晨光，感謝你的生命。」

句句都合情合理，像你熟悉的忠孝仁愛禮義廉恥，沒什麼奇異深奧的地方。

可是你知道，像許多事，最難的是切實做到。

你善用生命嗎？尊重他人嗎？不以自己的看法強加在別人身上嗎？

你起床時感謝晨光和一切嗎？

酋長奇蹟似的知道你所有不足之處。

4

然後酋長說：

「感謝面前的食物，感謝生命的歡愉。如果找不到感謝的理由，過錯在你。」

你又低頭無語，心想：

「不是找不到感謝的理由，而是有的時候，一切糟得不能再糟，說不出感謝的話只能嘆氣掉淚。」

你知道如果這樣說，酋長便會抬起黝黑寬廣紋路深刻的臉龐，將鼻孔對準了你，意思是：「悲嘆掉淚有什麼用？」

你知道那時你會答不出話來。你知道酋長經歷過大哀大痛。

在酋長面前，你經常低頭，掩藏自己的羞慚。

5

站在時間大河岸，看逝水滔滔。

大半生過後，如古人所說滄海桑田，一切大不相同了。

沒有了父母。沒有了爛漫無邪。沒有了無窮遠景。

冰河融化，海洋高漲。野火燒過一座又一座山林，颶風暴雨帶來潦原大水。

你並非獨自一人，酋長就在一旁。你們並肩望水，水面點點陽光眩目。

沒有了芬芳的水草和泥土，沒有了神聖的森林和湖泊，沒有了一代傳過一代的美好家園，沒有了收成的歡慶，沒有了可以祭拜的祖墳，沒有了公平生存的機會，沒有了自己的世界，沒有了自己——酋長眼看所有他珍惜的事物一件又一件被奪走。

站在時間大河岸，你們看流水不絕沖刷一切。

酋長說：「何必哀嘆我族人不幸的命運？部落追隨部落，國族追隨國族，就像海潮一波又一波。這是大自然的法則，悲悼無益。總有一天，白人酋長的世界也會敗壞腐朽，消失不見，像過去所有族人一樣。」

6

悲嘆酋長的世界消逝沒有意義。如同悲嘆失去的青春沒有意義。

然則，你悲嘆。

夕陽讓你悲嘆。晨霧讓你悲嘆。歡樂讓你悲嘆。

過去讓你悲嘆。未來讓你悲嘆。今天讓你悲嘆。

酋長說：「給我日月星辰風雨陰晴，給我山嶽湖泊河流海洋，給我水牛奔馳的大草原，給我風吹過山林的低語，給我每天的日出和日落，給我新生兒的純潔無邪，給我長者的經驗智慧，給我族人的營火歌舞，給我祖先的容顏和記憶，給我自由和諧公正和尊嚴。」

7

酋長不是現代人，不是古代人。而是存在時間之外，永不現代永不過時的永恆裡。

酋長不是一個人，而是許多過往酋長合而爲一。

酋長是個概念，是個理型，代表永遠常在卻注定爲時代淘汰的一種生命方式。

有相當一段時間，你經常和酋長上山看落日，或到時間大河岸看流水。
這裡記的是一些酋長說過，鑄在你內心深處的話。

8

你獨自來到時間大河岸。
什麼都不想，也想了很多。
流水帶不走困惑。想什麼都無濟於事。
你想到酋長。酋長經常在你心中，指引方向。
何必頌讚金字塔和長城、紫禁城和羅浮宮？
何必頌讚高速公路和子彈列車、摩天樓和核武器？
何必頌讚紐約和上海、電腦和手機？
何必頌讚快速和效率、征服和擴張、賺取和消費？
且看茅屋和草寮、蛛網和鳥巢。
且看風雲聚散、潮來潮去。
且看奔行沙漠的滾動草、滿身尖刺的仙人掌，以及，矗立如神祇的紅色巨岩。

你曾跟隨酋長爬上一座紅色巨岩，極目四望，彷彿進入了酋長的世界。

9

酋長說：「賣地？何不賣空氣、大海和泥土？」

酋長說：「遠在聽說耶穌或遇見白人以前，我就已經知道了神，懂得了善和惡。我看見而且鍾愛所有美好的事物。文明並沒教給我任何更好的！」

酋長捧著一個紅色黑紋的陶碗，喝了一口，說：「用這碗喝水，味道特別甜。」

然後，酋長露出心滿意足的笑容，像個孩子。

那碗是酋長妻子用陶土一圈一圈盤成的。

好久不見酋長。

酋長的話，在這許多年後，一件一件，你終於切身感受到了。

作者注：

1 歐西冶薩（Ohiyesa）是個生於十九世紀末的拉科塔族印第安人，受過白人教育成爲醫師，熟知白人思想然保留了本族文化的宗教和道德信念，對白人文明有所讚揚也有所批判，跨越雙重文化自認是個美國人，寫了自傳《從深林到文明》（*From the Deep Woods to Civilization*）。

2 文中酋長說的話大多來自《美國原住民的智慧》（*The Wisdom of the Native Americans*）。酋長對生活的指點，取自熊尼族酋長泰康薩（Tecumseh）的人生哲學，加上一點引申和擴充。泰康薩曾試圖聯合所有印第安部族起來反抗白人政府，不過沒有成功。

我們的名字是自由

印第安人的命運涵括了所有弱小族群的命運，他們的故事不是歷史，不是可以遺忘漠視的過去式，而是仍舊轟轟燃燒的現在進行式。他們的故事也是我們的故事。

0

我有一本小書，非常薄，其實只是本小冊子。最近在書架上發現取出來，才想起自己有這樣一本歷史紀錄。

書很美，輕巧，但拿在手裡很眞。灰藍封面摸起來粗糙實在，上方印了書名《納瓦荷條約——一八六八》，中間一帶用稍粗的書法字體印了納瓦荷酋長巴邦西投（Barboncito）的話：

「我祈求天神，別叫我到一個不是我自己的地方去。」

當然這小冊子記的，正是他必須帶領族人遠離家園走上放逐路的血淚史。

我記得什麼時候買的。許多年前，我們第二次到新墨西哥州，這次到了西邊和亞利桑納交界的法明敦鎮一帶。一天我們更往西開越出州界，到亞利桑納的納瓦荷古蹟狄賽峽谷去，是在那歷史博物館買的。這次翻開看見許多畫線的地方，一下子安心了：「確實讀了，不是買了放在架上吃灰而已。」

除了記得裡面記載了悲慘的納瓦荷歷史，不記得任何細節，於是從頭開始再讀一次。還是悲慘，甚至加倍。因爲搬到南加五年來，幾乎便住在印第安人國度（不是納瓦荷，南加別有許多印第安部落），感受變了。不像以前旅遊匆忙帶了獵奇的浮掠抽象，現在經由炎陽旱地枯草和周遭的飛鳥走獸，體驗比較直接也比較深切[1]。

1

近來看了些有關美國印第安人的書，所知淺薄但滿懷喟嘆，於是寫了短文〈和酋長散步〉。之後酋長常掛在心，我發現自己不斷試圖藉酋長之眼深入去想像印第安人遭遇（白人史家稱「接觸」）白人前的生活，甚至借考古人類學家的方法憑一石一瓦重建遠古近古人類生活的實際，問：我們怎麼從那種生活走到了這種生活？

是在這種心境下從書架上抽出伊恩．費施爾（Ian Frazier）的《在印第安保留地》（*On the Rez*）看將起來，寫他到南達柯達州某印第安保留地去訪友的事，立刻就撞見典型的費施爾好句：「資本主義怎麼對付共產主義，現在也就怎麼對付民主制度。」他是《紐約客》常駐作家，擅長非小說，文字樸實淡淡幽默，常一針見血。譬如：「當你從柏油路駛上泥巴路，就知道進了印第安保留地。」

費施爾熱愛旅行，尤其愛到偏遠地方，譬如蒙大拿州、阿拉斯加和西伯利亞，也熱愛印第安文化。在他心目中，史上的印第安人是眞正自由人。他蓄了長髮，紮成馬尾，印第安朋友見了笑他是個「仿印第安人」，讓他覺得有點委屈。

久沒看他的書異常親切，尤其是第一章說明爲什麼印第安生活比現代人更有自由和尊嚴，告訴我們是六個伊若奎部族結盟立法合治好像一國的作法，給了美國開國元勳採聯邦體制立國的藍圖，推翻一般以爲印第安文化野蠻落後的錯誤印象，簡直是首頌歌。然往下翻很快就撞見太多可悲故事難以繼續——太慘了，因此第一次就沒能看完。凡是印第安歷史，尤其是印第安作者寫自己族人的故事，不管寫得再怎麼好一式慘不忍睹，不是赤貧、失業、酗酒、吸毒、疾病，就是歧視、不公、暴力、自殺等，倒楣走運加灰心喪氣自暴自棄重重疊疊，沒用的我立即就瀕臨滅頂掩卷而逃。怎能有人在那種環境活下來？我不敢想像，無法想像。偏偏對印第安人來說，這種事有如夏季蚊蠅稀鬆平常。

印第安作家的小說我只讀過兩個最有名的得獎作家：露易絲・艾爾蒂茝（Louise Erdrich）和社爾門・艾利克西（Sherman Alexie），都擅長化辛酸悲苦爲深刻動人的文學。

無論如何，我越來越覺得看小說像受罪，彷佛考驗個人能承受人間不幸到什麼程度。因爲小說無能寫快樂（同理沒法處理好人），需要痛苦做燃料，所以小說所記無非是經由想像擴張渲染的人間種種艱辛愁慘。若爲小說重新定義，我會說：「小說是人類苦難的百科全書。」

而且不只小說，非小說何嘗不是，尤其是回憶錄？

2

想必有人會搖頭問：這時來談印第安人歷史有什麼意義？誰在乎印第安人死活？

或許可從這一事實出發：美國死於新冠肺炎人數最高的是黑人和印第安人。

所以有人說美國歷史帶了雙重原罪：一是對印第安人的趕盡殺絕，一是對黑人的奴役迫害。

我從沒正面寫過有關印第安人的事，只在寫旅遊美國西南部時順便提及。二〇二〇年裡，許多事件炸開美國貼金的外殼，暴露底下的醜惡黑暗，引我去尋書探索。〈和酋長散步〉以對話方式嘗試記錄探索途中的心情，這篇可說是那對話的延續。

這裡談的印第安人除了是他們自己，也是一種象徵，一個提示。印第安人的歷史，他們的命運，代表了人間所有的不公不義。也就是基於種種差異，如種族、性別、國族、宗教、貧富等等因素帶來的差別待遇。這些族群，被掛上劣等人種或次等階級的標籤，遭受輕視凌辱踐踏。印第安人是個顯然的例子，放大出去，是世界各地擔受同一命運的眾多原住民。

不免想起小時候，讀到學校課本裡吳鳳「殺身成仁，捨生取義」的故事，爲吳鳳的偉大感動不已。天真幼稚哪知其實是官方神話，醜化台灣原住民。要等長大成人，才明白這正是所有強勢文化對待弱勢文化的手段。

換句話說，印第安人的命運涵括了所有弱小族群的命運，他們的故事不是歷史，不是可以遺忘漠視的過去式，而是仍舊轟轟燃燒的現在進行式。他們的故事也是我們的故事。

3

英國作家莎娣．史密斯在紐約大學教書，每年部分時間住在紐約，她的《感覺自由》收集了她在歐巴馬當政八年間（二〇〇八～二〇一六）的散文，從童年經驗到音樂藝術到哲學到英國社會政治議題涵蓋廣闊，等到二〇一八年出版，白宮已經換主兩年，新政權竭盡全力推翻前任總統的政策，美國政治和社會完全改觀。面對大西洋兩岸種種相互映照的退化墮落，史密斯無限感慨（尤其她是黑白混血），因此在〈前言〉裡談個人思想和表達的自由無關身分資歷特長，最後語重心長提醒：「你不能拿空氣來滅火。同理，你不能以不再認識的自由來爭取自由。」並在書首引用黑人作家諾拉．尼爾．赫斯敦（Nora Neale Hurston）的話：「人可能是穿了鞋的奴隸船。」

史密斯的文字真率犀利充滿市街語言的活力，奪目又發人深省。同時我也看一點赫斯敦和詹姆斯．鮑德溫的散文（必須承認黑人文學我讀得太少），那發自肺腑的語言更加撼人。不沈浸他們的文字，難以進到黑人國度，深入黑人經驗，悲他們的悲，痛他們的痛，苦他們的苦，流他們的淚——光憑一己的想像和同情遠遠不夠。

赫斯敦寫：「只有在把我丟到一堵刺目白牆前面我才覺得自己黑。」

鮑德溫說：「在這國家身爲黑人，如果有所自覺的話，便幾乎總是滿心憤慨。」

諷刺的是當赫斯敦自覺驚人的黑，對白人而言她的族類無異由黑暗物質構成而不可見，黑人文學無異以隱形墨水寫成而不可讀。所以若夫・艾里森[2]（Ralph Ellison）獲一九五二年美國國家圖書獎的長篇小說就叫《隱形的人》（*The Invisible Man*）。

這些作者激人反思自問：我自由嗎？我覺得自由嗎？怎樣才是自由？

4

你可能會問：「人可能是穿了鞋的奴隸船」到底是什麼意思？

我這樣理解：如果一個人心存歧視，否定某些人基本人格尊嚴和公平待遇，便形同攜帶了不正不公的奴隸船。

打從立國之初，美國《憲法》便挾〈獨立宣言〉動人的理想種下了不公的因子，許多人爲那美好神話所迷，以爲制定法律等同實現，活在虛構平等的假象世界，看不見另一截然相反的平行現實。

當今美國眾多族群起而抗議發言，一波又一波的運動，爭取個人起碼的尊嚴和權利。從反性騷擾反警察暴力殺害黑人到反同工不同酬等，揭開背後那平行現實，展示：

沒有公正，何來平等？沒有平等，何來自由？沒有自由，何來民主？

5

黃昏時分，照例到後山散步。半天白雲，半天烏雲，給風拉扯成各種形狀，預兆即將到來的風雨。我拿手機攝雲，照完還是回去想自由平等的事。不懂這個追求美善卻又堅持製造殘酷醜惡的國家，理智道德好像只是裝飾，毫無用處。整個二〇二〇年不絕的種種事件，似乎便在重複質問：「這個社會的道德良心哪裡去了？還有任何仁義高尚可講嗎？」面對漫天變換的雨雲，我滿懷困惑和氣餒。

無疑自由是本大書，需要公平合理正義和時間來寫，至今還沒完成。正如美國，才剛進入青春期，年少氣盛，眼中有光笑容朗朗，充滿了熱情理想，口號喊得響亮，只是還認不清自己。

設使自由是水，這時藍天白雲，我看見美國這片大湖上白帆點點，輕快來去，其中，幾乎難以分辨，便不少赫斯敦的小奴隸船。

作者注：

1 我們另有本小冊子《印第安人食用沙漠植物簡介》（*Indian Uses of Desert Plants*），B看了後便在後山散步時撿拾橡實，仿效本地印第安人搗成粉（麻煩得很），然後加到麥片粥裡，他覺得不錯，我吃沒什麼味道。後山有一種開花植物，綠葉紫梗白喇叭花好看，我散步途中每見必照，原來是曼陀羅花（Datura）。B讀到印第安人拿葉子搗碎了熱敷，可以消炎止痛，他也試了，似乎有效。因爲B這些遭我嘲笑的「愚行」沾染，包括採食後院帶刺的仙人掌果實，我也覺得對印第安人生活有了點「實地」認識。

2 詹姆斯．鮑德溫、諾拉．尼爾．赫斯敦和若夫．艾里斯都是二十世紀的美國名作家。

不公的遊戲

要認識美國，最貼近的比喻可說瞎子摸象，看你摸到哪一部分。或者不如説，美國是謎，是巨大矛盾，是理想敵不過現實，是非雞非蛋非蝶非蛹的中間物，是不斷在試煉演化的即與街頭劇，是還未實現的諾言。

0

捷克作家昆德拉流亡法國多年，這些年來捷克政府不斷給他文學獎，召喚他回祖國定居。他不爲所動，在訪談裡說：

「我覺得在法國的生活是一種替代，一種置換品，而不是眞的生活嗎？我跟自己說：『你眞正的生活在捷克，在你的國人中間嗎？』……還是我相信在法國的生活才是眞的，盡力充實去活？我選擇法國。」

1

四十年前我到美國念書，結果留了下來。不是流亡，不是移民，而是心甘情願，因爲遇見所愛的人，也因爲一些自己不甚明白的理由。

這麼多年來，我是抱著怎樣心情在美國生活？

今天，我是以怎樣眼光來看這個國家？

破碎的美麗新世界？流產的光燦夢想？我美好的第二家鄉？

衆議院史無前例的二度彈劾川普總統聽證會上，再三出現這近乎激切的呼喊：

這是美國嗎？這是美國嗎？這是美國嗎？

而什麼是美國？有一個普遍認同的美國嗎？

自由之鄉，勇士之地，美麗之國，從大洋到大洋？

騎馬杖劍的英雄騎士？解救世界危亡的正義之師？

怎麼將這形象和下面事實疊合：

新冠肺炎罹患率和死亡率全球第一；

暴民衝擊並且攻占國會大廈，從總統到人民代表滿口謊言混淆黑白；

2

昆德拉安於法國，認同法國，甚至放棄母語改以法文寫作——這正是我不願做的。對昆德拉，巴黎不僅是新的住址，而且是新的家鄉，在法國的生活是唯一眞正的生活。他不像古代離鄉背井的中國士子想家，老是吟唱「西出陽關無故人」之類的詞曲，恨不及早奔赴回鄉。相反，他安於巴黎安於新家，沒有我們失根飄零「月是故鄉圓，水是故鄉甜」的亙古鄉愁。

如昆德拉，我不覺得居留異國如同一種替代，是某種形式的贗品。不同在我也不覺得這裡的生活是「眞的」，這裡便是家，毋寧是介於寄居和定居間的浮游狀態，難以描述難以定義。也就是，哪個生活是眞已經曖昧模糊。這許多年太平洋兩岸來來回回，感覺兩邊都是也都不是，踏足台灣立刻覺得到家了，回到美國發現也是回家。畢竟不容否認早已習慣這裡的生活，然同樣不能否認的是少了什麼，有種沒法全心擁抱的疏離感。反而很早便開始以外來者的眼光質疑批判，常在作品裡指出謊言假象。套用美國作家費斐雯·郭尼克形容激進自由派討伐式的新聞報導：「好像總拿了把手槍抵住社會的腦袋。」

多年來這種質疑有增無減，二〇二〇年到了極致，覺得這地方醜惡難忍住不下去了。想到自己二〇〇三年的專欄結集《飛馬的翅膀》裡，卷六標題「質疑」下包括五篇千字長短從不同角度對美國的觀察省思，頭一篇〈民主？民主？民主？〉嘲諷美式民主，最後這樣結束：

「不懂歷史，不懂政治，不懂經濟，更不懂這我生活了二十多年的地方。住得越久，我發現自己不懂的越來越多，也越來越對美國感到無盡的困惑和好奇。」

這段話可一字不改挪用到現在，只因這永遠以「美國大夢」招引全世界的富強大國太過讓人失望。

3

再一次，發現自己輕聲在唱：「春去秋來，歲月如流，遊子傷漂泊……」

不只是這首〈憶兒時〉，還有像〈往事只能回味〉、〈小城故事〉、〈橄欖樹〉、〈滿江紅〉、〈我家門前有小河〉等老歌，許多年來常不知不覺就哼起來，隨這些歌回到過去。〈憶兒時〉是最常唱的，愛那悽美的曲調，也愛李叔同古典的歌詞：「……回憶兒時，家居嬉戲，光景宛如昨。茅屋三椽，老梅一樹，樹底迷藏捉……」最後：「兒時歡樂，兒時歡樂，斯樂不可作。」道盡往昔不再的無奈，尤其縈繞不去。有時為猝然的鄉愁擊中，恨不得丟下一切奔回左右皆我族類說我語言吃我米飯的小小台灣。

有時想：「難道昆德拉沒一絲鄉愁嗎？」

自答：「當然有，但不足以讓他轉身奔回家鄉。正如無數羈留海外思鄉的華人。」

4

二〇二〇，慘酷的瘟疫年，狂風暴雨一波又一波。美國像燈火輝煌的豪華郵輪，在全世界眼前一點一點傾斜下沈，比任何好萊塢災難片更驚心動魄。世人震駭之餘，對美國這超級大國一下子充滿了近似對落後小國的同情——我們置身其中的激憤就不用說了。

大選前夕，美國劇作家華里．商（Wally Shawn）在《紐約書評》雜誌發表〈我從出生到現在的成長〉，以二次大戰結束時紐約街頭群眾歡呼美國士兵的光榮鏡頭開始，回顧成長路上如何一直以這英雄形象來看待自己國家，到了年過四十才開始認真反省美國在國內國外種種違反立國理想悖逆道德原則的所作所為，終於認清這個自始就擺在眼前的事實：

「這國家殘酷很久了，其實打從開始就是。現在用語反映了現實。」也就是，美國自命非凡的民主高尚打從開始就不誠，說是一套，做是另一套。就像《紐約時報》記者尼爾．施因（Neil Sheehan）一九九八年出版，揭露越戰眞相的書名《光燦的謊言》（*A Bright Shining Lie*）。

華里．商要到四十才覺醒可說遲，然許多人終其一生渾然不覺活在神話裡，無知也無悔。

5

歐巴馬回憶錄《應許之地》終於在大選過後出版上冊，花了四年才寫成。原文書名直譯「一個應許地」意義深長，「一個」暗示美國不是唯一的應許之地。

序裡指出美國當前政治分裂：「癥結在實際和理念對立。兩者競爭由來已久，根深柢固甚至存在美國立國文獻裡，所以能一邊宣稱人人平等，一邊視黑人僅是五分之三個人。

「這種理想和實踐分裂造成了種種不公，帶來許多問題和紛爭。在現實和理想間的鬥爭底下是一個單純問題：我們是否眞心要實現理想？如果眞心，我們眞的相信我們以爲的民主政府和個人自由、機會平等以及在法律面前人人平等的權利適用於所有人，還是實際上只保留給少數特權分子？」

接下來他更坦承若仍身爲總統，絕不可能說出口的話：

「我知道有些人相信丟棄那個神話的時刻到了——檢視一下美國過去，甚至草草一瞥當今新聞頭條，便可見這國家的理想從來就比不上政府和壓迫、種族階級制度和貪婪的資本主義重要。假裝事實並非如此，是參與一個自始就不公的遊戲。」

不過並非人人都能接受這「自始不公」的良心之言，甘願戴上共犯之名，更不用說拋棄那亮閃閃高高在上的神話了。

諷刺的是，儘管《應許之地》高居暢銷書榜首，歐巴馬並不代表絕大多數人的觀點。

6

一九一一年，一個父親在兒子十二歲生日那天，寫了封熱情洋溢的信給兒子慶生，除了歡天喜地奉上無限祝福，並且提醒他在這個日子想想自己是多麼幸運：「首先，你生在地球上最大也最好的土地上，由一個最好的政府統治。要感謝你是個美國人。」

那個幸運兒子是懷特，長大成了美國大散文家兼童書作家。他以平實親切又幽默的文筆記錄日常臧否人事，描述一個矛盾複雜但明亮可親的世界，帶了睿智嘲諷的微笑。我愛他的散文，也愛他的思想性情。

這封信我讀了再讀，兩線情緒交纏。

首先是感動：多好的父親！多動人的信！我立刻愛上了寫那信的父親，反觀自己可沒給友箏寫過那樣歡欣熱情的信。

其次是有點刺眼，尤其「由一個最好的政府統治」那句。那個不是土生土長而是來自「泱泱大國」*的我立刻劍拔弩張駁斥：「美國不夠格！」

然而退一步看，我相信懷特父親近乎「天真」的說法絕非作假，而是真心相信美國的獨特和優越，出於個人體驗，如二十世紀初絕大多數的美國人，如當今現在仍相當多數的美國人。那強烈的愛國情操呈現了另一個美國——以神話建造，相信美國優於他人獨具神聖使命——我譏諷排斥的美國。

懷特不是個政治性強的作家，但常以小市民身分品評政治，出發點總在護衛個人自由和民主制度，拒斥任何以經濟利益或政府權力凌駕平等與自由的言論和措施。他熱愛大自然，也熱愛美國，這都在他的詩、散文和童書裡表現出來。

二〇二〇年封閉室人，我重新發現懷特，在他的散文裡找到可以小憩的空間，好似久閉室內踏足戶外忽然吸到新鮮空氣。所有我對美國（和西方文化資本主義種種）的質疑不滿，懷特早有警覺，一次又一次提出異議，包括人類對地球生態的破壞。

關於美國和民主他說：

「民主是不時就疑心也許大半人大半時候是對的。」

「在心中把玩美國這個念頭，就像手裡握了一封情書——意義是這樣特殊。」

他對民主有所苛責批判，但不失信心：

「民主是個還沒人反對的想法，是一首詞還沒變質的歌。是熱狗上的芥末醬，配給咖啡裡的奶脂。」

仍然，什麼是民主？眞正民主是什麼樣子？

7

許多年前，和一個美國朋友談起美國我簡直氣急敗壞：

「這麼年輕漂亮精力四射，有這麼多其他國家沒有的條件，卻搞得這樣一團糟。美國是個說不清搞不懂讓人發瘋的東西！」

那種感覺從沒減輕或消除，反隨時間加強。

這是美國這是美國這是美國嗎？

不只彈劾會上那衆議員一問再問，我多年來不斷同樣自問，加上更多：

爲什麼用理性邏輯說服人這麼難？

爲什麼一個事實可以導出那麼多相牴觸的結論？

爲什麼法律千萬找不出一條可以懲治一個腐敗濫權違法瀆職的總統？

想得出許多答案，沒一條說得通。

果然，二度彈劾如同前次，在參議院搬演一齣顛倒是非的荒誕劇後，遭到否決。

有人說：民主是個極端脆弱的東西，美國民主可算是個奇蹟。

說奇蹟過譽了，因爲如前所說，美國體制裡有許多矛盾和破洞，出於僞善、貪婪、自欺或根本的惡意或其他種種難以克服的因素，結果是假平等假自由假民主。這不甚體面的事實已有許多學者記者著書深入闡述，還有更多揭發和分析的書等著出版。這短短四百年歷史已經說不盡寫不完，什麼時候才能眞相大白，人人站在同一史實上發言，而不是隔了各自山頭朝空喊話？

8

要認識美國，最貼近的比喻可說瞎子摸象，看你摸到哪一部分。

或者不如說，美國是謎，是巨大矛盾，是理想敵不過現實，是非雞非蛋非蝶非蛹的中間物，是不斷在試煉演化的即興街頭劇，是還未實現的諾言。

實則美國太大太複雜，像個萬花筒，許多色片相互對比襯托衝突抵消。種族對立、性別對立、宗教對立、貧富對立、城鄉對立、南北對立、東西對立、沿海內陸對立、知識水準對立、意識形態對立、經濟利益對立、性格品味對立，各種各式可想見不可想見的大小差異將社會切割再切割直到碎成片片。

望進這萬花筒，我眼花撩亂。許多驚喜，更多驚歎，不可置信無從了解起。我望進自己這困惑鴻溝，遙望彼岸的「他們」（有的就是我們街上見面微笑問好的鄰居！）——我堅信我的理念，他們堅信他們的；我越不過去，他們越不過來；我們未必互相仇視，但深處無法容忍彼此。我們好像語言不通的異國人，或更像從未接觸的異星人，張口呀呀叫喊：你說什麼？你是誰？從哪裡來？

9

最終，有個美國可以把握。我個人的美國，小到一棟屋子大小，只能容許少數人直接交往建立，充滿了可親可貴的美國人與事。這個小小美國是眞的，從安娜堡第一個親切熱情的室友到南加我們街上一些相見恨晚的鄰居，我可以了解，起碼有了解的可能。因爲來自直接面對第一手的認識，可以看見聞嗅觸摸擁抱，其他只是風聞。

此外，有些不能忽視的事實：

我在這裡結婚生子，在這裡開始寫作。

在這裡養大友箏，摸索出一條寫作的路。

在這裡閱讀世界閱讀地球，累積關切焦慮與疲憊悟解，眞正長大。

美國嘉惠我的，除了廣闊美好的土地，是豐富多樣的書籍。我的美國教育不在學院裡進行，而在書店和家中。我愛流連書店，一本又一本搬回家，聚了滿屋心愛的作者和書本，經常談笑爭論交換心得，一直持續到今天。

讀書打開眼界，激人質疑思考，尋求進一步的理解，是個玩不完的遊戲。妙的是越讀越覺無知，彷彿一無長進不斷倒退。那無知巨壑怎樣都無法塡補，讓人感嘆所知何其之少，自問：

怎能在這樣薄薄一層流沙上從事任何即使最無足輕重的寫作？

有時心虛至極覺得應該閉嘴不言，安靜閱讀旁觀世界旋轉就好。

然我無法緘默。我有話要說。從無知好奇出發，朝向觀察描述和思索。不在解答但求參與，記錄所見所思，重在過程而不是結論，即便只是幾字幾句，甚或問號驚歎號也好——我似乎便常以疑問和驚歎寫作。

歸根究柢，若非離台定居美國遇見B，我也許不會走上寫作，或不會以這種風格寫這類題材。我不知我會是什麼模樣，正如我的父母離開福建老家才成了後來的他們。我們永遠沒法知道那個可能的並行宇宙是什麼樣。

這時烏雲不散，我在美國思索美國以及全世界，試圖破雲而出，再度付諸文字。

10

二〇二〇格外長，到二〇二一年三月，全球新冠肺炎大流行正式開始到現在仿如凍在原地，繼續演出電影《今天暫時停止》現代版，儘管拜登總統上任了，預防疫苗接連研發出來，這艘傾斜的巨輪稍稍扶正，盡頭似仍遙遙在望……疫情不減，新災不斷，整個社會跌跌撞撞，人人疲憊已極指望解救。可是沒人能一夕旋乾轉坤，就算無數疫苗大軍從天而降。因爲難題過巨，無知偏見迷信太深。

這時只能記取懷特的樂觀：「也許人潛在的善良和創造發明能帶人掘出生路。」如他所說：「抓緊帽子，抓緊希望。給鐘上好發條，明天又是一天。」

早已沒人需要給鐘上發條了，但有鐘無鐘，明天仍是新的一天。

畢竟，半瞎半盲，水裡火裡，一代又一代，人類就這樣走過來了。

＊作者注：這「泱泱大國」情結埋得極深，甚至自己都沒意識到，直到這個時候。無疑內心深處總記得中華文化的古老燦爛，從文學哲學到科學科技，無一不可傲人。然而那個「泱泱大國」如今安在？我想的不是一個地圖上可以找到的地方，而是一個哲學或道德上的理想，不是桃花源，而是《禮記》〈禮運大同篇〉那種「選賢與能，講信修睦。故人不獨親其親，不獨子其子」，那遠超過制定法條而在講求人情道義的理念。

輯六

走出走入

運河帶他們回去

——談《美好運河之旅》

這些運河之旅充滿了平常之美，美得謙沖，美得實在，而又不可置信，說不出的動人，像生活中最平常無奇的喜悅。又如我們固然為長途跋涉所見的奇景震撼覺得不虛此行，然最終是身邊日常的好最溫暖踏實，像英國人熱愛的下午茶配奶油甜餅。

許多年來我不時寫到喜歡沙漠，在乾旱南加住了五年後，只想要青山綠水。一晚看英國影集《美好運河之旅》（*The Great Canal Journeys*），但見放眼是水是綠，立刻喜歡了。於是接連幾週，每晚航過運河，然後帶了一身綠意上床。

每集這樣開始：「我是提摩西．威斯特（Timothy West），這是我太太普內菈．司凱兒（Prunella Scale），我們結婚五十多年了。我們都是演員，也都熱愛運河旅行……」

或：「我是普內菈．司凱兒，這是我先生提摩西．威斯特……」

他們住在倫敦，平時忙於工作，週末只要可能便跳上窄船悠遊運河，遠離城市。起初只夫妻兩人，後來帶了兩個兒子一起，運河時光是全家最美的回憶。現在他們八十幾了，兒子長大成家，兩人又回到了運河上。偶爾一個兒子加入同遊短程，彷彿回到從前。

不過，這回運河旅行別有深意。普茹（普內菈簡稱）患輕微失憶症，提姆（提摩西簡稱）帶她航行運河除了幫她散心，也在給她的記憶「充電」。二〇一四年初在英國4號電視台放映，那眞情打動了許多觀衆，收視意外地好。於是一季又一季，這對老夫妻不斷回到運河，而且從國內遊到歐洲、非洲，甚至遠征到亞洲印度、南美阿根廷，直到二〇一九年退出，由兩位新主持人取代。

或許有人會問：一對老夫妻駕船以烏龜爬的速度遊運河，沒有長江、尼羅河的浩蕩，也沒有崇山峻嶺的壯觀，能有什麼好看？

說的也是，家裡兩名男子就沒什麼興趣。然對我無處不是趣味，越看越深入。

當然，首先是滿帶親切魅力的提姆和普茹，這是他們的故事。我們一路隨他們回溯過往，順便學點運河歷史。因此不是浮光掠影的旅遊，而近似普魯斯特《追憶逝水年華》挖掘記憶重建過去。鏡頭展現的不只是運河，而是融合了景色地理與歷史人生。我們進入他們的故事，感染他們對運河旅行的深情和記憶，於是從香腸似的細長遊船到那一條條佈滿了水閘的英國運河，從那時速四哩從容如月下散步的節奏到沿途景色歷史地方人物，處處充滿了意味。國外旅遊部分少了對本鄉本土的深情凝視，多了觀光異地的驚鴻一瞥，風味大異了。

眞美！眞好！普茹和提姆經常驚歎。然未必是什麼罕見奇景，而是一帶綠水映照綠林（尤其是愛爾蘭莎嫩河一段，綠林倒影幽幽一片恍如幻境，難怪有水仙的傳說），或是岸上柔軟起伏的山丘田野，鳥雀牛羊點綴其中，正是如畫的典型英國鄉野。這些運河之旅充滿了平常之美，美得謙沖，美得實在，而又不可置信，說不出的動人，像生活中最平常無奇的喜悅。又如我們固然爲長途跋涉所見的奇景震撼覺得不虛此行，然最終是身邊日常的好最溫暖踏實，像英國人熱愛的下午茶配奶油甜餅。所以提姆在讚歎瑞典波羅的海的壯闊後特地補充：「可是心底我還是熱愛英國的山水。」

石黑一雄的長篇小說《長日將盡》裡，敍述者史蒂文森開車短程旅行時衷心感嘆，大意是：「世界其他地方可能有各種驚人的雄山壯水，可是沒一個地方比得上英國山水那般美好動人。」

美國作家比爾・布萊森也說：「全世界沒一個地方像英國鄉野那麼悅目，好像世界最大的公園。」他在英國住了許多年最後歸化入籍，很大原因就在對那鄉野之愛。

我對英國運河毫無所知，因爲這節目才學到運河輸送物資對工業革命的重要，與它們在歷史上的興衰與重建。開鑿運河英國並非首創，遠在隋朝中國人就爲隋煬帝南巡，開鑿了工程浩大的大運河。看看英國運河網道地圖並不算密佈，主要連結南北一些大城而已。

英國山陵起伏，運河隨地形而建高度不一，因此設了許多水閘容船隻變換河道，有時短短水程竟需連續十幾甚至二十幾道閘的「水梯」，耗力費時，讓駕船人十分辛苦。兩人分工，提姆把舵引船入閘出閘，普茹則一次次下船和陳舊笨重的閘門開關搏鬥（不止一次喊推不動），過後兩人呼一口氣又快樂前行。

運河帶來迥異陸路飛馳的視角和景觀，時間慢到近乎停滯，甚至倒回過去。航過約克夏，綠林綠水間是一棟棟工廠廢墟，十九世紀時這一帶是織造業中心，利物浦和曼徹斯特是其中大城，到處是棉坊、織造廠、成衣廠，後來沒落留下了大片廢棄的工廠。高峰時期，英國供給全世界大半的布料。爲了運送貨物，運河成了經濟動脈，等火車興起取而代之，運河便淤積廢棄了。

一九四四年湯姆．若特（Tom Rolt）的《窄船》（*Narrow Boat*）出版，記述他以窄船爲家周遊中部運河的見聞感受。開始不久便點出運河旅行的獨特：「從繁華大道一步下到安靜的運河道，即使在城中心，是一步跨回至少一百年前，給人一種不同，或許比較平衡的觀點來看事物。」他以生動犀利的文筆描述沿河敗落的舊村落和「窄船族」水上生活的樸實與艱辛，經常適時批判工業革命帶來的種種破壞，喚醒了一批新世代的運河迷，更激發了後來的挽救運動（提姆和普茹也積極參與），許多運河才得以起死回生。然後火車追隨運河也沒落了，也需有心人出力挽救。有些地段修復的運河和鐵道並肩而行，像難兄難弟。這些歷史陳跡格外發人深省——煙景繁華轉頭空，一切都是暫時的。

在威爾斯，提姆和普茹航過全英最長也最高的高架運河，由迪河谷拔起，以大塊石材與混合紅糖漿和牛血的石灰泥砌成，跨越一片如夢的翠綠森林，宏偉優美名列世界遺產，展現了英國人卓越的水利工程。運河只容一條窄船和一邊帶護欄的人行道，普茹有懼高症，站在船上下望仿如「航行半空」，似乎隨時可能翻出河道。在約克夏，他們穿山過一條特別陰森的隧道，不過三哩多卻花了三小時才走完，她覺得望不見盡頭好似到了幽冥世界，恐怖不已。

提姆說：「人到老年，對事情的期待不同，體會也不同了。」

回顧往昔，普茹悟到不論就事業或婚姻家庭，自己都十分幸運，提姆也有同感。一次演完《李爾王》，他感觸特別深：「李爾王不知道生命裡什麼重要，幸好我知道對我什麼和誰最重要。」

兩人當初同台排戲，因填字遊戲而相識，現在還是玩。提姆說從下棋到填字遊戲，普茹都比他強。他懷念那個聰敏風趣的她，緊接提醒自己：「不能活在過去，只能把握現在每一天。」

一集他們回到布里斯托（Bristol），提姆小時在那裡住了六年。正值二次大戰，遭納粹轟炸特別慘，空襲了五百次。他記得一晚醒來看見天花板一片紅光，以爲天亮了，起來一看才兩點，撥開窗簾發現滿城大火，一片奇異可怕的粉紅，黑煙衝天。許多轟炸夜他穿了睡衣躲在樓梯底下的雜物間啃薑餅，果眞中彈就報銷了。

普茹隔布里斯托海峽住在一個小漁村裡，屋裡沒電也沒煤氣只有煤油，全村一隻電話，看對岸的布里斯托燃燒。兩人距離其實不遠，但無如咫尺天涯，必須等到成人才相遇。

她驚歎他們竟然倖存了下來：「很可能我還來不及認識你就失去你了。」提姆點頭：「讓人意識到生命實在脆弱。我們很幸運。」

每趟旅行，提姆不時報告普茹的狀況。我們見到她體力和記憶逐漸衰退，以及兩人再三出入水閘後偶爾露出的疲憊和老態。有時普茹忽然張皇失措不知怎麼做，提姆得再三提醒。然最常見的是他嘴角一抹淘氣笑意，她眼中無比的欣喜。運河喚回從前，她又年輕生動了。鏡頭照出提姆的微笑，也照出他眼神深處的感傷。

他們並肩站在代風（Devon）海邊石灘上，面對陰灰海天，浪潮衝擊，風吹不絕，遙想新探險和新發現。

他說：「有件事始終不變：我們總是在一起。」

她說：「只要你在旁邊，哪裡我都去。」

「執子之手，與子偕老。」不正是這樣？

每趟旅行，他們都以爲也許是最後一次了。

某旅程末她說出心底話：「我沒法想像沒有他日子怎麼過。希望我先走，或我們一起走。」

來日無多，老夫老妻繼續攜手同行，他在船尾把舵，她在船頭收攬，潮來潮去，運河靜靜流過，這是最美好的時刻。

對追求深度時間的人來說，這種不疾不徐，正是品味一切最好的速度。

獵人輓歌

即使沒吃過白松露，任何鮮美野菇海味也足以帶來笑容。

秋林，紅黃帶綠，義大利北部某山中，一個綠衣褲長靴男子，兩條狗一前一後低頭聞嗅，然後男子跪地兩手挖掘，捧出一橐土黃醜陋的奇珍：比法國南部普羅旺斯的黑松露更美味也更稀罕的白松露。

義大利片《松露獵人》（*The Truffle Hunters*, 2020）講四個老獵人的故事，組成一首獵人輓歌。他們獵了一輩子白松露，知道什麼時候出去，什麼地點最好。每到秋季，不管下雨落雪，滿地泥濘或冰凍，他們攜狗來到山林尋找白松露，其樂無窮。可是那個世界已經消失，片子說的是他們的傷感。

不同於一般紀錄片，《松露獵人》用了劇情片的技法來白描和渲染。步調緩慢，隨季節行進。樹林金黃，老獵人攜狗入林。枯林白雪，老獵人攜狗入林。一老獵人和愛狗同桌而食，不斷重複他多麼愛牠。另一老獵人傷心訴說有人放毒餌，他兩頭獵狗中毒而死。又一老獵人面對某年輕人越來越強硬的要求，堅拒出示祕密松露地點。然後是長髮長鬚如山中隱士的老獵人邊吸菸邊打字氣憤解釋他爲什麼不再尋菇了，痛責新一代尋菇人唯利是圖甚至不擇手段下毒。導演以徐緩從容的鏡頭，引領觀衆深入體會這些老獵人尋菇的情調和哲學。

不論雨雪，我們興致勃勃追隨老獵人入林，黃綠交錯的秋林特別美，彷彿自己也置身其中。最喜歡的卻是兩個意外以「狗主觀鏡頭」拍的景。這些鏡頭角度出奇地低，忽左忽右忽上忽下莫名其妙，過一會我們才明白：攝影機定在狗頭上，相當於我們就是狗，狂奔過小徑竄進樹叢，見牠之所見，感受牠無邊的歡喜。當牠忽而全身亂甩天地草樹跟著劇烈搖盪，我們不禁放聲大笑（誰沒見過狗全身甩水時的那股勁）。原來做狗是這樣快樂！也許人永遠沒法那樣快樂，或者脫離童年後便沒法那樣快樂。我曾經像狗那樣快樂嗎？也許，很可能。毫無印象。

松露獵人的悲嘆，讓我想到紐澤西的日子。那些年間我們經常上公園尋菇，尤其是林木金黃的秋季。友箏上大學前通常是全家三人，沒狗在前快樂跑跳，可是漫步草野樹林果園，呼吸陽光空氣草木，感覺眞好，尋到菇是額外喜悅，回家後炒來吃的可口美味更加一層。南加乾旱，有高山沙漠但難得見菇，公園尋菇成了屬於紐澤西的記憶。

片裡從沒見過這些松露獵人吃自己尋獲的松露，只一次次看到夜間陰暗街角或野外，某尋菇人和買菇人祕密交易。買菇人總嫌菇太小不夠香不夠漂亮種種挑剔，殺低價錢。

快到結尾，才出現兩個吃松露的景。

那買賣松露的中間人和女兒斜坐餐桌，坦露大家以爲他買賣松露一定吃過，其實他雖滿冰箱松露，根本沒時間吃，每天回到家已經深夜，筋疲力盡了。然後他幾乎帶了不安問：「這松露吃來應該有大蒜味，吃得出來嗎？」女兒點頭。

面容平板冷峻的松露鑑定人獨坐餐館，侍者奉上白色餐盤，中央猜是炒蛋，繼而拿來一橐松露，慷慨削了許多薄片鋪在蛋上，然後一叉又一叉，鑑定人開始緩緩品嘗，面無表情看不出任何喜悅，倒更像受刑，最後彷彿極不情願的淡淡一聲：「我喜歡。」

那樣樂趣全無，眞糟蹋了美味天物，罪不可恕。

即使沒吃過白松露，任何鮮美野菇海味也足以帶來笑容，我有切身經驗。電影《芭比的盛宴》裡最動人的，是滿桌客人品嘗美食那陶醉忘我的神情。

妹妹以前常出差到歐洲，嘗過各式美食，黑白松露都吃過。最懷念的是在義大利都靈（Turin）吃的白松露新鮮鷄蛋麵，說：「煮好的麵以奶油和鹽簡單調味，上桌時侍者在上面刨些白松露薄片，麵軟而Q，白松露片濃香清脆，給奶油一托更香醇，法國最好的黑松露也比不上。」

我吃過一次松露。很多年前，在紐澤西一家法式餐館吃的松露蛋羹，開胃菜，兩口之量，微溫如絲的液體徐緩入喉，蛋黃味與黑松露味交相烘托，滿嘴濃香，這時彷彿仍可嘗到。那餐就記得這道。

幸而《松露獵人》後來有兩幕充滿人味的景。

老獵人卡婁和老妻晚餐，她又開始埋怨：「你總不聽我的話。你年紀大了，晚上出去尋菇太危險，上次你跌倒擦傷臉，誰知下次會怎樣？說不定摔斷骨頭或什麼的！那時就需要別人來照顧你，我們就不能住這裡了！你有老年金，就好好享受退休不要出去了，不是很好？」她曾在天黑晚餐時分對窗外呼喊：「卡婁！卡婁！卡婁！」老獵人間似乎就他有老婆。

「可是我喜歡出去，喜歡在林子裡走，喜歡尋到松露，喜歡聽貓頭鷹叫。」卡婁答，滿臉無辜。

「你從不聽我的話，只做自己喜歡的事。」

最後一景，深夜，老卡婁爬窗而出，狗在窗外等候。無疑，尋松露去。

他八十七歲了，仍然身手矯健，像個偷跑出去玩的小孩。

一件又一件

生活中常因一事引發，帶動某件回憶，於是一件接連一件不絕，回到久遠以前，甚至回到歷史裡去。

有部英國舊片《歷史男孩》（*The History Boys*）我很喜歡，看了很多次。一幕歷史老師要學生定義歷史，一個男生憤憤說：「歷史就是一件又一件混賬事。」全班大笑。

原文：History is one fucking thing after another。

我極喜歡這話，看新聞總會想到。沒人說得更好。

當然關鍵在 one fucking thing after another，五字九個音節，利落有勁，中譯沒法比。我家三人都熟悉這片，談到歷史不時冒出 one fucking thing after another，會心搖頭。

這時，或者這幾年，可說我每天滿腦這句 one fucking thing after another。不過這裡不是要羅列那些接連不斷的混賬事，也不是要談歷史——最終會涉及，主要是談聯想。生活中常因一事引發，帶動某件回憶，於是一件接連一件不絕，回到久遠以前，甚至回到歷史裡去。

在《紐約時報》書評版看到有本新書《不可磨滅的城市》（*Indelible City*），深入寫香港歷史，從沒人要的無用小島，到成爲英國殖民地，到回歸中國到當今現狀。作者林慕蓮（Louisa Lim）是個中英混血但在香港長大的記者，自覺是個深情的香港人，眼見香港自中國接收後，人權日下不禁悲嘆。剛好不久前重讀羅維明舊作《香港新想像》，談香港城市建設和新舊交替得失，頗有感觸，寫了短文呼應。這本新書因此讓我又想起香港，那個我從沒到過，然近年來常在新聞上見到人民爭取自由遊行抗議的城市。

我和香港最「接近」（看港片不算），是在安娜堡時因朋友介紹認識了一位香港朋友，且叫她小中。我上研究所，她在大學部主修電影，是個長髮大眼的小女生。黑衣寡言，憂鬱孤傲，滿身疏離之氣，裹在一團神祕裡，像小說裡走出來的人物。

我們其實不常往來，久久見一次面。一次談話中她說香港人看不起台灣人，嫌穿衣服難看，土氣落後。我大爲驚訝，不知香港人有什麼可以驕人，除非因爲是英國殖民，受了點英國教育會說英文就高人一等。我聽在心裡，沒當面駁斥。她和我除了喜愛文學和電影，性格幾乎沒有交集。我們的友情似有似無，隨時可能斷氣。

不可思議的是，離開安娜堡後我們仍保持聯繫。個人電腦前的時代，不是靠電話就是寫信，然我絲毫不記得寫信給她或收到她回信，可是記得偶爾她打電話給我長聊。我們又見了兩次面，一次在舊金山，也見到了她姊姊。她說不喜歡姊姊，曾當面對她說如果不是姊妹，根本不會理她。姊姊聽了哭起來。另一次她到科羅拉多石城來看我們，住了幾天。我帶她去逛科羅拉多大學校園，給她照了張相。她細心擺姿勢，側對鏡頭，下巴微抬遙望遠方。那之後我們便完全斷絕聯繫，好像不曾認識過。

倒是有個記憶，細節模糊，然印象深刻。一年耶誕我們要到耶魯和妹妹妹夫過節，B的研究所同學艾爾佛德（Alfred）要送好友回哥倫比亞大學，我們便搭他便車到紐約。小中知道了也想搭便車到紐約訪友，艾爾佛德欣然同意。於是一車擠了五人，先到哥倫比亞大學宿舍，我們等妹妹妹夫來接，然後送小中到中國城。沒想到最難不是從密西根穿越半個美國跨阿帕拉契山到紐約，而是從曼哈頓上城南下中國城。我們的地圖不夠詳細，繞來繞去找不到小中指定的孔子廣場。一度小中堅持我們在路邊停讓她下車，妹夫不肯，雙方都不讓步，大家也氣急不耐。等終於找到地點小中下車，我們長呼一口氣，好像打了場大仗。那種潛在緊張，是和小中相處時的常態。她不知怎麼待人，也讓人不自在。

說了半天小中，因爲難得想起，也爲了以她做引好回來談艾爾佛德。

他是德國人，初到學校時B請他到家晚餐。不高，方臉棕眼淡棕髮，微翹的鼻子，像個大男孩，禮貌，正經，好奇，問很多問題。我立刻喜歡他的誠摯率眞，也回問很多有關德國的問題。他喜歡爬山，一年夏天和朋友爬了阿拉斯加麥肯利最高峰，回來報告有多冷他們怎麼做冰磚造冰屋挖廁所種種，聽得我大爲歎服——我不會去爬那種需要吃苦冒險的山，連露營我都覺沒床沒廁所太受罪。一九八八年十二月，他從德國飛返美國途中，泛美航機在蘇格蘭洛克比上空爆炸，無人生還。我們震驚難言。怎麼解釋這種事？

第一次這種國際恐怖事件和我們切身相關，然不是僅有的一次。

二〇〇一年九月十一日，激進伊斯蘭教徒恐怖分子劫機襲擊紐約雙子星大樓，在那豔陽藍天下，兩座大樓熊熊燃燒的鏡頭烙入所有人心裡。B的大哥住曼哈頓，兩個子女上的高中就在附近，那恐怖爆炸滿城黑煙上街逃命是他們親身體驗。紐澤西不少人在紐約上班，友箏班上有的同學父親便葬身大樓。起初以爲只是與自己無關的新聞，然後發現悲劇其實近得多。

二〇一九年三月B大哥全家來訪，順便遊南加。一晚睡夢中突然有人尖叫不絕，原來是姪女阿黎被火光驚醒，起身一看窗外臥房緊鄰的房屋熊熊燃燒，喚回她九一一的恐怖記憶，不禁尖聲狂喊：隔壁房子燒火了！隔壁房子燒火了！隔壁房子燒火了！我們一定得趕快逃命，越遠越好！很快大哥大嫂收拾了衣箱，帶著子女開車走了，從沒見他們行動那麼果決迅速。我們穿衣起身到車道上，看隔壁房子火光沖天好似巨大營火，對鄰夫妻也到我們車道上看火（其餘鄰居沈睡不知），猜測起火原因。好在是空屋，而且火勢不太大沒燒到我們。已有人打電話給911，不到五分鐘救火車一部部呼嘯來到，立即動手救火。一個小時後撲滅，救火車又一部部開走，跟著大哥一家也回來了。我們回屋，筋疲力盡，不知要不要回床睡覺。

個人的可怕記憶，但和恐怖分子無關。再一次確認：沒人知道下一刻會發生什麼事。

所有這些都是最近某天午餐時，我從《不可磨滅的城市》開始，與B和友箏談起來的一連串往事。從香港朋友小中，聯想到艾爾佛德和洛克比炸機事件，到讓全世界失去安全感的九一一事件，到伊拉克、阿富汗戰爭，到川普當選、全球疫情，到黑人喬治・佛洛依德遭白人警察鎖喉致死，到二〇二一年一月六日美國暴民衝擊國會，到一而再再而三的槍擊屠殺，到年年加劇的野火颶風雪暴洪水停電等等，只是印象最深最具代表性的幾件。

這些都是過去四十多年和平假象中，我們切身經歷的痛心歷史。每件都讓人仰頭問天：「這種事怎麼可能發生？」更不用說進行中的俄國侵烏戰爭，造成有史以來最大的難民潮，烏克蘭生死存亡，歐美俄國對峙，民主對抗極權，人間道義對抗族群仇恨，核武器的威脅，連鎖性的經濟效應，你死我活的世界性緊張，兩次世界大戰的鬼魅似乎遠遠飄來……

一次又一次，一件連一件，數不盡理不清的近代爛賬。

就如那歷史男孩所說，one fucking thing after another。

這是人生。這是歷史。

這是我們的世界。

（二〇二二・六・二十一　再度刪改）

上畫廊去

不習慣把藝術品當作商品看待，寧可遙遙憧憬。而且怕一時衝動做錯決定，像買家具不能退，後悔已經太遲。

要不要去？猶疑不決。

上畫廊通常是愉快的事，但兩年多來一切顛倒，只有異常沒有正常了。

今年初收到鄰居金米的電子邀請函，參加她畫家朋友卡西畫展開幕。心中忐忑，不能決定去不去。好不容易疫情和緩一陣，又來了感染性更強的奧密克戎變種，感染人數暴增，學校又關門了，大家出門仍須戴口罩。我們雖然打了第三劑加強針，還是戒慎恐懼，避免人多的室內場合。最後礙於友情還是去了。

邀請函上說是六點。那個週末我們開車到鎮上，停在圖書館附近停車場，走不遠過兩次馬路便是畫廊。疫情以來我只到過鎮上幾次，上圖書館或是買東西，穿戴整齊參加畫廊這種文化雅事是第一次，感覺怪異。好像入山面壁的僧侶新新下山，發現幾百年過去了人間已面目全非。好奇四望，經過幾家館子竟滿滿是人。大驚：怎麼可能？這些人不怕死嗎？顯然當我們縮在自己的小丘上萎縮老去，山下小鎮並沒關門冬眠，而仍照常營業勇往直前——許多人並沒閉關自守的幸運。不禁為自己的膽小慚愧，讚歎那些人無懼病毒的膽氣——還是愚蠢？

戴了口罩進畫廊，迎面是人。目光一掃，不少，還不算擠。大多戴口罩，幾名畫廊工作人員卻裸面示人。從沒來過，畫廊不小，展出許多藝術家的作品，從繪畫、攝影、雕塑到陶藝、玻璃、木工、家具等，各式各樣。久沒置身這種場合，不自覺眼睛發亮，抓了B興奮指指點點，病毒忘到腦後。我照例快走一圈，像看書先看目錄得個大致印象，回頭再細看。人不斷增多，忽然摩肩擦踵了。

往裡走，在畫廊深處最後一間找到金米和史提芬。沒什麼人，他們和一名高大長髮女子站在一起，都戴了口罩。金米給我們介紹：「這是卡西。你們可能在我們家的聚會上見過。」我不記得見過卡西，但記得一次在金米家晚餐，她特地讓我看一幅卡西的畫，顏料像梵谷畫作厚厚堆在玻璃上，灰色天空，深灰尖峰密佈的重重波浪，像風暴前的海面。因為光線，從背面看效果大不同。金米盛讚那畫多好，她有多喜歡，尤其光線透過更棒。我沒她著迷，勉力點頭。金米本是水利學家，幾年前因頸椎毛病沒法工作在家，休養之外還幫史提芬改作業（他在大學教書）、合力經營兩人開發的測試記憶網站。此外鼓勵卡西努力作畫，幫她找畫廊安排畫展，還做公關發消息宣傳。那天我特別戴了雙層口罩，只覺臉上燒熱，說話齉齉的好像從谷底喊叫，說不了幾句就告罪看畫去了。

卡西的展叫《雙重曝光》，一律畫在玻璃上，不知的話看不出來。大多掛在牆上，有兩幅特別掛在獨立架上，可看正反兩面。基本上是抽象畫，但常給人自然景物的聯想，譬如天空、林木或黃昏、海浪等。幾幅畫名卡上標了紅點，表示已經賣出。大致上我感覺淡淡，只兩三幅覺得有點韻味。不斷想到羅斯柯（Mark Rothko）莊嚴彷彿微微發光的色塊。

兩天後又收到金米邀請函，週末卡西展覽茶會。那天我不舒服沒去，B單人出席。我以為他會和金米、史提芬飲茶暢談，沒想不久就回來了。說買了一幅，林中雪景，我應該會喜歡。

過了一星期拿到畫，我看了一眼，普通，再看一眼，平庸。不知放哪，暫時就倚著客廳書架斜立地上。接下來幾天來去經過，越看越刺眼。背景雪地還好，問題是前面一排黑色「枯林」，其實只是無姿無態死氣沈沈的粗黑線條。我想到新英格蘭的白雪黑林，國畫水墨孤傲的枯樹。又想到當年學國畫，臨摹枯樹岩石的筆意，深淺濃淡鐵畫銀鉤，哪像這些樹一無是處。B也不覺得好，但不像我挑剔。我建議掛在書房他書桌後牆上，他工作中抬頭就可見。結果他將畫擱到客廳書架頂，高高在上，放逐了。

想起以前在紐約上美術館或藝廊，放眼大師之作，慢慢逐一欣賞，只是過不久感官飽和鈍化，看不出好處了。再偉大的藝術也禁不起虎嚥狼吞，很快退化成視覺噪音。有時找張板凳坐下，隔了衆人肩背看畫，或乾脆看人，甚至比牆上掛的更好看。有時和B玩遊戲，假設買得起，讓他挑一幅，然後換我挑，結果總是不一樣。其實這遊戲看展時我常自己玩，面對一幅幅驚人畫作，自問要搬哪幅甚或幾幅回家。最後慶幸沒錢，不然除了得爲挑選傷腦筋，更須把藝術變成商品在心裡估量，趣味盡失了。

一次沿赫德遜河遊歷，在某小鎮畫廊看到一幅當代油畫，畫赫德遜河暮色，印象已經模糊，只記得構圖簡單，大片幽深靛藍和暗紅餘暉，沈靜安詳。瞄瞄價錢還好，著實心動，最後畢竟空手而回。直到今天，偶爾還是會想起那幅畫，自問：當時怎麼沒買呢？主要是不習慣把藝術品當作商品看待，寧可遙遙憧憬。而且怕一時衝動做錯決定，像買家具不能退，後悔已經太遲。

還有一次，在聖塔菲某藝廊，面對一只納瓦荷陶藝大師瑪麗亞．瑪汀內斯（Maria Martinez）的黑陶黑釉大肚矮瓶，苦苦不能作決。實在美，也實在貴。如哈姆雷特，在是與否間徘徊遲疑，最後忍痛放棄。在藝廊這種差點買了的天人交戰就幾次，最後我總依依不捨看飽了才走——印在腦裡供事後回味。

兩個月後一個週末，疫情再度鬆緩，我們應金米之邀和他們夫妻逛畫廊。同一家畫廊，人不多，都沒戴口罩。眞面目相見，心情一鬆也一緊。一向小心的B根本沒戴，我將口罩取下，心想不知多少病毒上下飛舞。（其實更新變種已經上場，在歐洲和中國作祟。）見到金米和史提芬，熟悉的臉上滿是笑容，他們大張雙臂擁抱。簡單的尋常禮數，卻彷彿走了重山萬水才到。

又是衆人聯展，大致沒什麼可觀，吸引視線的只聊聊幾幅。有幅小抽象畫氣味清新，微帶國畫山水趣味，我駐足細看。一瞥價錢，不貴。找B來看他也喜歡，金米過來也覺得好，給了全畫廊前三名的頭牌。往畫廊深處，另發現一兩幅喜歡的，尤其是一幅半抽象半具象油畫，一隻綠色巨牛占了絕大畫面，背上一隻鳥，充滿喜劇趣味，怎麼看怎麼動心，主要是那一大片漂亮的綠。察看價錢：不賣。

回家後，仔細看了手機上喜歡的那幾幅。動心的小畫還是誘人，但仍不放心，怕欠缺內涵不耐看，特地提醒B：「我喜歡歸喜歡，但沒非要不可，所以別跑去買了來。」

「我知道，上次學乖了。」

沙漠裡的籃球架：一幅小畫

他的版畫帶了印象派的現代感，恣意捕捉陽光的燦爛。傳達生之喜悅，類似馬蒂斯，但沒那份狂野。因為包曼並沒驚世駭俗的野心，只想將傳統木刻套色版畫推到極致，通過用色、構圖與技巧來表現天地人間之美。

———

買了一幅畫。

生平第一次，在畫廊看見喜歡就買了。

其實有些猶疑，怕看走眼，然畢竟無法抗拒。這幅灰綠小畫讓我想起熟悉的一種沙漠景色，好像在和我說話。

畫其實很小，感覺中很大。橫幅，畫框不算，大約一本半爾雅叢書橫擺而已，可是在畫廊我只見天空下一大片沙漠，可能是美國西南任何一片沙漠景觀。陰晴天，滿空滾滾白雲，紫灰遠山，黃沙地，前景疏密相間，一叢叢淡灰綠的鼠尾草，不能再簡單。第二天付了錢畫拿在手裡，輕無重量我才驚覺眞是小。畫名〈籃球架〉讓人錯愕，用心看才在畫面右邊找到一座小小的籃球架，獨立鼠尾草間，寂寞又孤傲。

其實我看見的是另一個地方：新墨西哥的小城陶斯。

二〇〇八年我們又回到新墨西哥，從西北法明敦遊到東北陶斯。一天晚餐後到離城不遠的格蘭迪河峽谷公園，夕陽將沈，低斜金光透過粉紅雲射下來，遠山紫藍，晚霞靛藍深紫橘金粉紅，滿地叢叢灰綠鼠尾草。我們沿步徑西行，光色越來越暗，B和友箏的黑色剪影遙遙在前，低頭鼠尾草的細小尖葉卻清晰可見。我照了一張又一張，要攝下不絕變幻的雲影天光，蒼茫仍可見物然迅速深沈的暮色。現在找出那相冊檔案打開，那幾張照片比記憶中更美。

這幅小畫喚起了那暮色散步的記憶，以及那趟陶斯之旅。我們玩了兩天，待在一個風味簡樸的民宿，厚實的阿堵壁泥屋，長長的走廊列柱，印第安格調的房間佈置，美觀大方。早餐新鮮可口樣式豐富，咖啡濃香。我們從容用餐，和其他客人聊天，然後決定到什麼景點參觀。每個地方都可看可不看，因而格外有趣。城裡的克特．卡森舊居歷史館、非遜美術館，和城外的勞倫斯紀念堂，各有各的歷史。不是吸引觀光客蝗蟲潮的熱門景點，卻值得慢慢走過。此外逛逛畫廊，不過多是給觀光客的庸俗貨色，難得一見實在的作品。這幅貌不驚人的〈籃球架〉，便是那種無意媚俗的難得之作，我才一見傾心。

還有個潛在因素：旅行。因爲疫情，將近三年龜縮家中等候世界復原，幾乎發狂了。

二〇二二年春五月初，終於回到約書亞樹國家公園，兩夜三天，如慣例住「29棕櫚」旅舍。本來每年必上約書亞樹國家公園，起碼一次，通常兩次，都在春冬兩季。這次三年久違，翻過重山穿越沙漠，眼見藍天白雲，遠近山脈層層疊疊，一切帶了神奇，頓時困獸之感消除，身心一鬆彷彿整個人放大了。

兩個半小時後，車進熟悉的29棕櫚。景物並沒全非，但小有變化。遊客還是少於往常，辦公室沒人，遷入改在餐館辦理。桌椅擺得稀疏，我們選擇游泳池畔的露天座。菜單也不太一樣，以前愛點的幾樣菜不見了。池塘裡烏龜仍在枯木上曬太陽，邊上我最喜歡的一片古老棕櫚林裡，更多腐朽已久的巨大樹幹頹然倒地（古早以前這曾是原住民生活的綠洲），滿地如掃把的金黃棕櫚扇葉，我慢慢走過照相記錄。

隔天早餐後進公園，磊磊巨岩依舊，但已熱如盛夏，陽光刺目。我們到拱門岩，B和友箏大步而上，我手腳並用攀上爬下，又熱又累。放棄在園裡野餐，回到29棕櫚有冷氣的小木屋（以前都是訂小泥屋），午餐後到附近的29棕櫚畫廊看看。

幸好，畫廊開門。門前一張牌子告知須戴口罩，進門後我們先從一端的小展覽廳開始，某畫家的沙漠植物花卉個展，然後掉頭往畫廊另一端的兩展覽廳，是在中間廳裡遇見了〈籃球架〉。其實進廳不久我就注意到一組風格類似的六幅作品，出自同一畫家岱娜（全名Dana Beltz-Coert），主題都是約書亞樹國家公園。寫實筆法，但用色濃麗，平塗略帶誇張趣味，有點像海報畫。另有兩幅比較小，風格稍異，我馬上受〈籃球架〉吸引，停佇細看。印象派的活潑筆觸，色調灰暗，寂靜卻有生氣——好像爲我而畫。

〈籃球架〉帶回家後選定了牆，和兩幅戈斯塔夫．包曼（Gustave Baumann, 1881-1971）版畫複製作伴，竟異常搭配。退遠了看，仍同樣喜歡，一點也不後悔。

兩幅包曼版畫都是新墨西哥景色，黃藍色調明朗，一幅名〈到陶斯去〉，土黃原野間一條淡色山路，一輛小車朝背景高聳的海藍重山而去，洋溢上路旅行的輕快。

不記得是在哪裡發現包曼的，也許是陶斯一家別致的小書店。他生於德國，十歲時隨父母移民美國，長大後又回德國學傳統木刻版畫，回到美國從事插畫和美工設計，先在芝加哥工作，餘暇致力版畫。後來轉到東北各州和紐約市，最後厭倦了受雇於人的城市生涯，遠走新墨西哥尋求新天地，先到陶斯，而後定居聖塔菲，開始了創作最燦爛的五十年。

像當時許多來到西南的藝術家，包曼愛上了新墨西哥的光色，畫面亮了起來。他四處寫生，從新墨西哥到科羅拉多、亞利桑納到德州、加州，從沙漠到高山深谷到海岸，描繪四季山川草木人文。不刻板寫實，追求傳神。顏料自己磨製調配，常以中間色來對比烘托，創造溫暖明麗的效果。他的版畫帶了印象派的現代感，恣意捕捉陽光的燦爛。傳達生之喜悅，類似馬蒂斯，但沒那份狂野。因爲包曼並沒驚世駭俗的野心，只想將傳統木刻套色版畫推到極致，通過用色、構圖與技巧來表現天地人間之美。所以松是松，橡是橡，白楊是白楊，毫不抽象（除了晚年幾幅）。他的畫中世界熟悉可辨，而又充滿超越現實的美，讓人神往。

包曼創作力驚人，除了大量版畫與油畫水彩，還雕刻傀儡戲偶，爲女兒在家上演傀儡戲招待孩童。他認爲藝術不應只限於富人，而應普及一般大衆，所以他的畫標價低廉，儘管創作豐富但收入有限，卻堅持不肯抬價高於一百美元。每幅畫簽名外附帶印章，刻的是心上一隻手，可說是他的藝術與生命最佳注腳。

沙漠的誘惑在哪裡？包曼熱愛美國西南，說如果能夠，他會選擇生在那裡。

以前我對沙漠也充滿憧憬，搬到乾旱南加近六年後，感受不同了。依舊爲沙漠吸引，對新墨西哥還是情有獨鍾（我家三人都是，曾夢想搬到那裡去），可是心情複雜了許多。沙漠的壯闊照樣誘人，然而我更體會到那宏偉莊嚴的美背後帶了殘酷和恐怖——所以里爾克詩才說「所有的美背後都帶了恐怖」嗎？以前不懂，現在略有所知。

再怎麼美，沙漠說的是天地不仁，所以古人敬畏禮讚感恩膜拜。這，我相信，印第安人知道得最清楚。也許出於這份理解，包曼在頌讚光景之外，也愛描繪印第安人的生活和儀式。我尤其愛〈高山雨〉，土黃山丘平頂上一排土黃印第安泥屋，背後深藍高山隆起，托出陰灰天空下的如簾大雨。網上一家畫廊標價一萬兩千美元，我和B玩笑：「我們買這幅吧！」半真，也半假。

我愛讀 117

光的重量

作　　者	張讓
社　　長	陳蕙慧
總 編 輯	陳瀅如
責任編輯	陳瀅如
行銷業務	陳雅雯、趙鴻祐、余一霞、林芳如
封面設計	文豪
內頁排版	Sunline Design
印　　刷	前進彩藝有限公司
讀書共和國集團社長	郭重興
發 行 人	曾大福
出　　版	木馬文化事業股份有限公司
發　　行	遠足文化事業股份有限公司
地　　址	231023新北市新店區民權路108之4號8樓
電　　話	02-2218-1417
傳　　真	02-8667-1065
客服信箱	service@bookrep.com.tw
客服專線	0800-221-029
郵撥帳號	19588272木馬文化事業股份有限公司
法律顧問	華陽國際專利商標事務所　蘇文生律師
初版一刷	2023年4月
定　　價	NT$380
ISBN	978-626-314-400-2（平裝） 978-626-314-409-5（EPUB）　978-626-314-406-4（PDF）

國家圖書館出版品預行編目（CIP）資料

光的重量/張讓作. -- 初版. -- 新北市：木馬文化事業股份有限公司出版：遠足文化事業股份有限公司發行, 2023.04
面；　公分. -- (我愛讀；117)
ISBN 978-626-314-400-2(平裝)
863.55　　　　112003510